五人诗选

雷平阳　陈先发　李少君　潘　维　古　马

华东师范大学出版社

华东师范大学出版社六点分社 策划

目录

陈先发

李少君

古马

"似乎都有余力再造一个世界"

——《五人诗选》序

杨庆祥

1

这五个人，雷平阳、陈先发、李少君、潘维、古马，五个笔画不同的姓名，五个象征的符号，五个通向不同世界的语言的炼金术士，在某些时候，也是呓语和白日梦的收集者，要将他们的诗歌——在我们这个时代既是通灵宝玉同时也可能是污秽不堪的顽石——集合为一本书。一本书因为承载了这象征的世界而变得莫测起来，《五人诗选》作为一个实体指向的是无比开阔的虚空，而虚空，在我们这个时代，可能是最大的意义。

五人中的陈先发者，桐城人也，天下之文皆备于此。我见过陈先发一面，印象深刻的居然是他的鼻子，挺拔俊秀，我直觉这是一个嗅觉发达的诗人，他把鼻子伸向了故纸堆里，并真正闻到了古典幽微的气息。他在中年的时候读王维，却通篇是对王维的反动。陈先发或许有些醉心的是王维那主客体不分的"坐看云起时"的哲学，但陈先发极其现代的敏感让他对这种"齐物论"保持有足够克制的距离。在语言的风格和气息上，早期的陈先发更接近李商隐，他几乎是以通感式的物象的描摹来创造一个声色并茂的世界——在某些时候是一种致幻的巫者之言。但陈先发显然不愿意做一个故作玄虚的巫师，他有更大的胸怀，东哲西哲，古学今学，后来的陈先发变得更加坚硬起来，他将污秽的历史和污秽的现实泼向他早期那些光滑美丽的语词，他用痛苦来加深他的深情——他曾经是一个多么深情的抒情诗人——但现在，陈先发在历史和现实的缝隙中读到了更为混沌的东西，所以他必须创造出一种新的哲学和一种新的诗体，在 2014 年，这些创造综合为《黑池坝笔记》，他分解了他的形象和稳定的诗歌结构，在一派"胡言乱语"中求证哲学和诗学的新可能。

雷平阳，云南昭通人也，初见此人，觉其面目黝黑，隐隐有匪徒之气。后又见其着长袍方巾亭亭玉立于逝水边，若有君子之风。雷平阳将他的诗歌牢牢钉在一个个具体的地理位置，云南、昆明、昭通、蒙自、澜沧江、金鼎山农贸市场……这是理解雷平阳的起点，诗歌的发生学因为嵌入了历史地理的标志而变得可信并具体起来。但这却远远不是终点，雷平阳的方法是，从具体的地理出发，借助语言的星际航程，抵达一个拥有无限可能性的大千世界。这个世界与雷平阳保持着地理和血缘上的双重关系，在地理上，语言再造了一个疆域，血缘上，语言重构了个人。雷平阳有时候急于摆脱这种不自由的在"世界之中"的状态，他要开解心中的杀伐之气，代以慈悲。李敬泽说："雷平阳的诗其实也不是观世音菩萨，是游方癫僧，泥腿子不衫不履。他不是在找一座容身的庙。他是在庙起庙废、残垣断壁中参悟世间法。"雷平阳是正在走向慈悲的诗歌匪徒，他若饮酒，则离慈悲更进了一步。

李少君者，湖南湘乡人也，毕业于武汉大学，不日，我观樱花于武大校园，有人遥指落英缤纷，曰："此当年李少君卖诗之处也。"李少君的诗歌清水出芙蓉，天然去雕饰。他像是一个自然的行者，在山水的行走中发现世界的善与美。李少君似乎无意和这个世界发生剧烈冲突，他总是轻描淡写地将日常生活的戏剧性化解为一派散淡的静物画，他有时候是画中人，浑浑然物我两忘，有时候他又作旁观者，指点一番然后潇洒遁去。李少君是红尘中的隐者，他的诗歌与他的人生有某种隐秘的同构，他并不急于追求某种虚假的深刻，因为他知道，深刻只有作为一种自为的状态，才能真正成全好的诗歌和好的诗人。李少君汲汲而为的，是构造一种平衡的美学逻辑和诗学结构，我们都以为他走在阳关道上，而实际上，他可能是手持平衡木的舞者，正努力走在时代分裂后的残山剩水中，他的平衡木就是他的降龙杖，他说：疾！于是万水千山都是情。

潘维，余杭人氏。有友人曾语我曰：潘维谦谦君子，温润如玉。吾素未谋面，不知也。潘维的诗歌以写"江南"著称。江弱水曾评其诗："潘维以他的感性江南获得了诗坛的声望。但不可否认的是，这声望自有其局限性，相当于偏安的后主们在整个中国版图上事实上的节度一方。专注于某个地域的写作往往如此,而且如果这一写作具有较为明显的同质化倾向,则局限性会来得尤其突出。潘维那些混杂着精致的颤动与疲倦的个人化语境,已然成为当代中国诗歌的一处名胜,但是,那助长我们成熟的因子同时会让我们衰败。一旦诗人宁愿安驻于自己的写作模式中,那么,他应该嗅到危险的气味了。事实上,潘维正在耸动自己的鼻翼:"作为婚床的太湖,为什么,也会是棺材?"江弱水的评论已经道尽了我对潘维"诗歌江南"的肯定和忧心。但在某些时候,批评家也应该反躬自问,这种担忧是否多余?即使从谱系学的角度看,潘维也不能简单地划入陈后主和李后主的系列,潘维和他们一样多情,但潘维以一种紧张的现代感化解了延续性的颓废,江南总是在一次次书写中重生。这正是我对潘维每首诗后面的献者深感兴趣的原因:《白云庵里的小尼姑》2002﹣7﹣1 致陆英;《梅花酒》2003﹣1﹣23 给柯佐融;《童养媳》2003﹣5﹣19 给顾慧江;《香樟树》2003﹣10﹣31 给王瑄;《苏小小墓前》2004﹣12﹣3 给宋楠;《炎夏日历》2005﹣8 给方石英。这些对于读者来说全然陌生的时刻和陌生的名字,却正是潘维诗歌的密码,在这个意义上,潘维仅仅是在为自己写作,无论是为了情欲还是不朽。至于"江南"是否会接受他的这种含沙射影,潘维说了不算,我们说了也不算。谁说了算,不知道。

另一位诗人,古马,来自甘肃。无论是在历史还是当下,甘肃都是边地的边地，远方的远方。在中国的诗歌传统中，一直有一种独特的观看位置，那就是在中心眺望边地，并将边地作为文化的他者而进行景观化的表现。雷平阳的诗歌已经挑战了这种位置，并试图对之进行逆转。所以对于古马的阅读可以有两种方式，一是继续站在中心的位置——那怕这个中心是假想出来的——将其诗歌做一种"异"的解读，异域化和异域化的美；另外一种是抛弃这种中心的幻觉，将自我他者化，将中心他者化，将其诗歌理解为一种内在于其时其地的存在和书写。两种阅读会产生不同的意义之链，而古马可能已经意识到了这一点，他在一首诗歌中隐晦地表示了抵抗：罗布林卡其实只有一个人和一首诗，那就是秋风。

2

再谈谈诗歌史。

熟悉诗歌史的人都会记得，早在 1986 年，有另外五个人，有另外一本《五人诗选》——朦胧诗的代表诗人和经典诗作选集，北岛，江河，舒婷，杨炼，顾城的《五人诗选》。

这五个人不需要我们过多解释，无论是从历史的角度还是从文本的角度，他们构成了一座座纪念碑，在 1980 年代的历史语境中，他们的写作像一道闪电，照亮了那个时代的晦暗不明。中断长久的现代主义诗歌写作传统被重新激活，北岛的《回答》、顾城的《一代人》、舒婷的《致橡树》……他们在语言的荒芜和意识形态的虚假中重建了诗歌的真，而这，正是现代主义诗歌的首要品质：以真的语言和形式来塑造真实的，切合个人心灵的认知方式和世界景观。

朦胧诗塑造的是大写的人的形象，个人被置于巨大的历史洪流之中，它虽然以个体的方式发声，但是这声音却总是自觉不自觉地带有集体的印痕。那一代诗人拥有强历史的记忆，并在这种记忆的裹挟中将自己化妆为叛逆者和反抗者，他们选择站在世界和历史之外对世界和历史进行质疑和审判，在这一过程中，建构了一种浪漫主义和崇高美学——而这种浪漫主义和崇高美学，却隐约与他们颠覆之物暗通款曲。

这正是第三代诗歌极力反对的东西，朦胧诗在无限的复制和仿写中已经构成了另外一种意识形态，而他们提供的美学谱系似乎也过于宏大和抽象，因此，一种更强调语言、个人和具体日常经验的美学被召唤出来，如果说朦胧诗需要的是一个大写的人，那么第三代诗歌汲汲所求的就是一个小写的人，反讽是这个人的语调，碎片化是这个人的生存。

朦胧诗和第三代诗歌基本上构成了 80 年代以降中国现代主义诗歌写作的两极，我在 2006 年的一篇论文《〈尚义街 6 号〉的意识形态》中早已指出，朦胧诗与第三代诗歌几乎是同时起源，而非一般的诗歌史所描述的那种线性的前后承继。它们几乎是一体两面——正如 90 年代的知识分子写作和民间写作只是这个一体两面的变种一样，它暗示了中国现代主义诗歌写作在 20 世纪的限度。"诗到语言为止""诗到经验为止"等等的表述都是这一限度的极端化呈现，在它们的诗学观念的内部，是一种强烈的一元论和对抗式的写作美学。

好在，另外一本《五人诗选》出现了。本质的问题不是 20 世纪的《五人诗选》和 21 世纪的《五人诗选》的物理性时间区别，本质性的问题在于，此《五人诗选》开创了一个全然不同的维度，如果说朦胧诗开启的是一种对抗式的写作，并在这种对抗中塑造了自我和历史的经典形象，那么，雷平阳、陈先发、李少君等人的诗歌写作则开启了一种对话式的写作，并与包括欧阳江河、西川、翟永明、杨键等人的写作一起，在逐渐形成一种新的诗歌传统和诗歌图景。在这个诗歌图景里面，有几点值得我们注意。

其一曰有一种内在于世界和历史的个人，这个人不全然是恨者，同时也是爱者。

其二曰有一种复杂的综合性被确立，历史，现实，哲学都被内置于一种对话的机制，更多元的诗歌景观由此呈现。

其三曰有一种更悠远的诗歌谱系，这些诗歌似乎跳脱了 20 世纪中国现代主义诗歌传统，而与更悠远的精神资源发生互动，古代性而不是现代性被重新激活。

其四曰有一种东方诗歌的美学，内视，静观，省察，游走，顿悟，婉转，况味，悲悯，求索，守成……

应该还有其五，其六。也应该还有更多未被注视到的写作。

但已经说得太多了。真正的诗歌都不需要太长的序言。真正的诗歌有时候甚至并不需要作者和读者。就像这本书——《五人诗选》——也许可以谐音为《无人诗选》。没有人的地方，诗歌还存在吗？或者说，诗歌究竟可以抛开人类多远？无论任何，正如博学的艾柯所言：永远都不要妄想摆脱书。这句话也可以这么说，永远都不要妄想摆脱诗歌，永远都不要妄想摆脱诗歌给我们的意义。

因为"似乎都有余力再造一个世界"。

因为这五个人就是一种意义的所在。

2015 年 5 月 10 日于北京

2016 年 2 月 4 日定稿

雷平阳

我

我是来自雪山的瘸子

不想跟上时间和流水的步伐

我是腾云驾雾的盲人

拒绝放射内心枝状的闪电

我是围墙外徘徊的哑巴

为了紧锁喉咙里的诉状、雷霆和秘密

我是迷宫里的左撇子

醉心于反常理、反多数人

我是流亡路上的驼背，弓着的

背脊，已经习惯了高压

我是住在大海里的聋子

一生的假想敌就是电杆上的高音喇叭

我是雨林中修习巫术的六指人

多出来的器官，我把他们献给鬼神

我是六亲不认的傻瓜

反智的年代，喜欢当马戏团的演员

我是理发店里神经质的秃头

偏执地要求手上拿刀的人

数清我满头来历不明的伤口

我是巨人国中心神不宁的侏儒

有人替我挡乱世的子弹，我替人们

收尸、守灵、超度，往返于生死两界之间

我是诗人，一个隐身于众多躯壳中

孤愤而又堕落的残废，健全人拥有的一切

我都没有权利去拥有

就让我站在你们的对立面

一片悬崖之上，向高远的天空

反复投上幽灵般的反对票

脸谱

博尚镇制作脸谱的大爷
杀象，制作象脸
杀虎，制作虎脸
他一直想杀人，但他已经老朽
白白的在心里藏着一堆刀斧

母亲

我见证了母亲一生的苍老。在我
尚未出生之前，她就用姥姥的身躯
担水，耕作，劈柴，顺应
古老尘埃的循环。她从来就适应父亲
父亲同样借用了爷爷衰败的躯体
为生所累，总能看见
一个潜伏的绝望者，从暗处
向自己走来。当我长大成人
知道了子宫的小
乳房的大，心灵的苦
我就更加怀疑自己的存在
更加相信，当委屈的身体完成了
一次次以乐致哀，也许有神
在暗中，多给了母亲一个春天
我的这堆骨血，我不知道，是它
从母亲的体内自己跑出来，还是母亲
以另一种方式，把自己的骨灰搁在世间
那些年，母亲，你背着我下地

你每弯一次腰，你的脊骨就把我的心抵痛

让我满眼的泪，三十年后才流了出来

母亲，三岁时我不知道你已没有

一滴多余的乳汁；七岁时不知道

你已用光了汗水；十八岁那年

母亲，你送我到车站，我也不知道

你之所以没哭，是因为你泪水全无

你又一次把自己变成了我

给我子宫，给我乳房

在灵魂上为我变性

母亲，就在昨夜，我看见你

坐在老式的电视机前

歪着头，睡着了

样子像我那九个月大的儿子

我祈盼这是一次轮回，让我也能用一生的

爱和苦，把你养大成人

亲人

我只爱我寄宿的云南，因为其他省
我都不爱；我只爱云南的昭通市
因为其他市我都不爱；我只爱昭通市的土城乡
因为其他乡我都不爱……
我的爱狭隘、偏执，像针尖上的蜂蜜
假如有一天我再不能继续下去
我会只爱我的亲人——这逐渐缩小的过程
耗尽了我的青春和悲悯

大象之死

它送光了巨大身躯里的一切
对没有尽头的雨林，也失去了兴趣
按常理，它对死亡有预知
可以提前上路，独自前往象群埋骨的
圣地，但它对此也不在意了
走过浊世上的山山水水
只为将死亡奉上，在遍野的白骨间
找个空隙，安插自己？它觉得
仪式感高过了命运。现在
它用体内仅剩的一丝气力
将四根世界之柱提起来，走进了溪水
之后，世界倒下。他的灵魂
任由流水，想带到哪儿
就带到哪儿去

存文学讲的故事

张天寿，一个乡下放映员

他养了只八哥。在夜晚人声鼎沸的

哈尼族山寨，只要影片一停

八哥就会对着扩音器

喊上一声："莫乱，换片啦！"

张天寿和他的八哥

走遍了莽莽苍苍的哀牢山

八哥总在前面飞，碰到人，就说

"今晚放电影，张天寿来啦！"

有时，山上雾大，八哥撞到树上

"边边，"张天寿就会在后面

喊着八哥的名字说，"雾大，慢点飞。"

八哥对影片的名字倒背如流

边飞边喊《地道战》《红灯记》

《沙家浜》……似人非人的口音

顺着山脊，传得很远。主仆俩

也藉此在阴冷的山中，为自己壮胆

有一天，走在八哥后面的张天寿

一脚踏空，与放映机一起

落入了万丈深渊，他在空中

大叫边边，可八哥一声也没听见

先期到达哈尼寨的八哥

在村口等了很久，一直没见到张天寿

只好往回飞。大雾缝合了窟窿

山谷严密得大风也难横穿……

之后的很多年，哈尼山的小道上

一直有一只八哥在飞去飞来

它总是逢人就问："你可见到张天寿?"

问一个死人的下落，一些人

不寒而栗，一些人向它眨白眼

杀狗的过程

这应该是杀狗的

唯一方式。今天早上 10 点 25 分

在金鼎山农贸市场 3 单元

靠南的最后一个铺面前的空地上

一条狗依偎在主人的脚边，它抬着头

望着繁忙的交易区。偶尔，伸出

长长的舌头，舔一下主人的裤管

主人也用手抚摸着它的头

仿佛在为远行的孩子理顺衣领

可是，这温暖的场景并没有持续多久

主人将它的头揽进怀里

一张长长的刀叶就送进了

它的脖子。它叫着，脖子上

像系上了一条红领巾，迅速地

蹿到了店铺旁的柴堆里……

主人向它招了招手，它又爬了回来

继续依偎在主人的脚边，身体

有些抖。主人又摸了摸它的头

仿佛为受伤的孩子，清洗疤痕
但是，这也是一瞬而逝的温情
主人的刀，再一次戳进了它的脖子
力道和位置，与前次毫无区别
它叫着，脖子上像插上了
一杆红颜色的小旗子，力不从心地
蹿到了店铺旁的柴堆里
主人向它招了招手，它又爬了回来
——如此重复了5次，它才死在
爬向主人的路上。它的血迹
让它体味到了消亡的魔力
11点20分，主人开始叫卖
因为等待，许多围观的人
还在谈论着它一次比一次减少
的抖，和它那痉挛的脊背
说它像一个回家奔丧的游子

高速公路

我想找一个地方，建一座房子
东边最好有山，南边最好有水
北边，应该有可以耕种的几亩地
至于西边，必须有一条高速公路
我哪儿都不想去了
就想住在那儿，读几本书
诗经，论语，聊斋；种几棵菜
南瓜，白菜，豆荚；听几声鸟叫
斑鸠，麻雀，画眉……
如果真的闲下来，无所事事
就让我坐在屋檐下，在寂静的水声中
看路上飞速穿梭的车辆
替我复述我一生高速奔波的苦楚

在日照

我住在大海上
每天，我都和人海一起，穿着一件
又宽又大的蓝衣裳，怀揣一座座
波涛加工厂，漫步在
蔚蓝色天空的广场。从来没有
如此奢华过，洗一次脸
我用了一片汪洋

战栗

那个躲在玻璃后面数钱的人
她是我乡下的穷亲戚。她在工地
苦干了一年，月经提前中断
返乡的日子一推再推
为了领取不多的薪水，她哭过多少次
哭着哭着，下垂的乳房
就变成了秋风中的玉米棒子
哭着哭着，就把城市泡在了泪水里
哭着哭着，就想死在包工头的怀中
哭着哭着啊，干起活计来
就更加卖力，忘了自己也有生命
你看，她现在的模样多么幸福
手有些战栗，心有些战栗
还以为这是恩赐，还以为别人
看不见她在数钱，她在战栗
嘘，好心人啊，请别惊动她
让她好好战栗，最好能让
安静的世界，只剩下她，在战栗

集体主义的虫叫

窃窃私语或鼓腹而鸣，整座森林
没有留下一丝空余。唯一听出的是青蛙
它们身体大一点，离人近一点
叫声，相对也更有统治力
整整一个晚上，坐在树上旅馆的床上
我总是觉得，阴差阳错，自己闯入了
昆虫世界愤怒的集中营，四周
无限辽阔的四周，全部高举着密集的
努力张大的嘴，眼睛圆睁，胸怀起伏
叫，是大叫，恶狠狠地叫，叫声里
翻飞着带出的心肝和肺。我多次
打开房门，走到外面，想知道
除了蛙，都是些什么在叫，为什么
要这么叫。黑黝黝的森林、夜幕
都由叫声组成，而我休想
在一根树枝上，找到一个叫声的发源地
尽管这根树枝，它的每张叶子，上面
都掉满了舌头和牙齿。我不认为

那是静谧，也非天籁，排除本能

和无意识，排除个体的恐惧和集体的

焦虑，我乐于接受这样的观点：森林

太大，太黑，每只虫子，只有叫

才能明确自己的身份，也才能

传达自己所在位置。天亮了

虫声式微，离开旅馆的时候，我听到了

一声接一声的猿啼。这些伟大的

体操运动员，在林间，腾挪，飞纵

空翻，然后，叫，也是大叫

一样的不管不顾，一样的撕心裂肺

穷人啃骨头舞

我的洞察力，已经衰微

想象力和表现力，也已经不能

与怒江边上的傈僳人相比

多年来，我极尽谦卑之能事

委身尘土，与草木称兄道弟

但谁都知道，我的内心装着千山万水

一个骄傲的人，并没有真正地

压弯自己的骨头，向下献出

所有的慈悲，更没有抽出自己的骨头

让穷人啃一啃。那天，路过匹河乡

是他们，几个喝得半醉的傈僳兄弟

拦住了我的去路。他们命令我

撕碎通往天堂的车票，坐在

暴怒的怒江边，看他们在一块

广场一样巨大的石头上，跳起了

《穷人啃骨头舞》。他们拼命争夺着

一根骨头，追逐、斗殴、结仇

谁都想张开口，啃一啃那根骨头

都想竖起骨头，抱着骨头往上爬
有人被赶出了石头广场，有人
从骨头上摔下来，落入了怒江
最后，又宽又高的石头广场之上
就剩下一根谁也没有啃到的骨头……
他们没有谢幕，我一个人
爬上石头广场，拿起那根骨头道具
发现上面布满了他们争夺时
留下的血丝。在我的眼里
他们洞察到了穷的无底洞的底
并住在了那里。他们想象到了一根
无肉之骨的髓，但却难以获取
当他们表现出了穷人啃骨头时的
贪婪、执著和狰狞，他们
又免不了生出一条江的无奈与阴沉
——那一夜，我们接着喝酒
说起舞蹈，其中一人脱口而出
"跳舞时，如果真让我尝一口骨髓
我愿意去死!"身边的怒江
大发慈悲，一直响着
骨头与骨头，彼此撞击的声音

光辉

天上掉下飞鸟，在空中时
已经死了。它们死于飞翔？林中
有很多树，没有长高长直，也死了
它们死于生长？地下有一些田鼠
悄悄地死了，不须埋葬
它们死于无光？人世间
有很多人，死得不明不白
像它们一样

奔丧途中

一个世界终于静下。不再
端着架子：有的声音的确醉人
耳朵却已经失灵。滇东北的山野
处处都有绝处逢生的风景，那一双眼睛
却被掏空了。关闭了。土地
贫瘠或丰饶，已经多余
那一个人，他的手脚，已经休息……
在 360 公里长的高速路上，我亦感到
有一个人，从我的身体里
走了出去，空下来的地方，铁丝上
挂着一件父亲没有收走的棉衣

白鹤

三只白颧，一动不动
站在冬天的水田
水上结着一碰就碎的薄冰
稻子收割很久了，冰下的稻茬
渐渐变黑。它们身边
是鹤的爪子和倒影
寂寥而凄美。水田的尽头
白雾压得很低，靠近尘世
三棵杨树，一个鸟巢
结了霜花的枯枝，在冷风里
一枝比一枝细，细得
像水田这边，三只白鹤
又细又长的脖子里
压着的一丝叹息

尘土

终于想清楚了：我的心
是土做的。我的骨血和肺腑，也是土
如果死后，那一个看不见的灵魂
它还想继续活着，它也是土做的
之前，整整四十年，我一直在想
一直没有想清楚。一直以为
横刀夺取的、离我而去的
它们都是良知、悲苦和哀求
都是贴心的恩膏、接不上气的虚无
和隐秘的星宿。其实，这都不是真的
它们都是土，直白的尘土
戴着一个廉价的小小的人形护身符

快和慢

只有贩毒的人是快的
在这儿，其他都很慢
最慢的是怒江
只有吸毒的人是快的
在这儿，其他都很慢
最慢的是苍山

只有死亡是快的
在这儿，其他都很慢
最慢的是活着
在这儿，只有我的心是快的
其他都很慢，最慢的
是我的那些不能直呼其名的
死去的乡亲，或他们还醒着的坟

祭父帖

原本山川，极命草木

——题记

像一山荒诞剧，一笔糊涂账，死之前
名字才正式确定下来，叫了一生的雷天阳
换成了雷天良。仿佛那一个叫雷天阳的人
并不是他，只是顶替他，当牛做马
他只是到死才来，一来，就有人
把66年的光阴硬塞给他
叫他离开。而他也觉得，仿佛自己真的
活了66年，早已活够了，不辩，不说谜底
不喊冤，吃一顿饱饭，把弯曲的腰杆绷直，
平平地躺下，便闭了眼

如果回顾他，让他在诗歌中重生
让他实实在在地拥有66年
是我的职责，我将止住一个诗人对虚无的悲哀
并尽力放大一个儿子灵魂的孤单

迷雾只为某些人升起，金字塔一样的火焰

炙烤的是狮子、老虎、鹰隼和鬼怪

他上不了桌面，登不了台，一个老农夫的儿子

在有他之前，悲苦已经先期到来，第一声啼哭

便满嘴尘埃。老农夫的妻子

抱着他，逗他："笑一下，你笑一下。"

他就笑了，一张被动的、满是皱纹的笑脸，像老农夫的父亲

心有不甘，隔了一代，又跑回来索取被扣下的盘缠

围着他的棺木，我团团乱转，一圈又一圈

给长明灯加油时，请来的道士，喊我

一定要多给他烧些纸钱，寒露太重，路太远

我就想起，他用"文革体"，字斟句酌

讲述苦难。文盲，大舌头，万人大会上听来的文件

憋红了脸，讲出三句半，想停下，屋外一声咳嗽

吓得脸色大变。阶级说成级别，斗争说成打架

一副落水狗的样子，知道自己不够格，配不上

却找了一根结实的绳索，叫我们把他绑起来

爬上饭桌，接受历史的审判。他的妻儿觉得好笑

叫他下来，野菜熟了，土豆就要冰冷

他赖在上面，命令我们用污水泼他

朝他脸上吐痰。夜深了，欧家营一派寂静

他先是在家中游街，从火塘到灶台，从卧室
到猪厩。确信东方欲晓，人烟深眠
他喊我们跟着，一路呵欠，在村子里游了一圈

感谢时代，让他抓出了自己，让他知道
他的一生，就是自己和自己开战。他的家人
是他的审判员。多少年以后，母亲忆及此事
泪水涟涟："一只田鼠，听见地面走动的风暴
从地下，主动跑了出来，谁都不把它当人，它却因此
受到伤害。"母亲言重，他其实没有向外跑
是厚土被深翻，他和他的洞穴，暴露于天眼
劈头又撞上了雷霆和闪电，他那细碎的肝脏和骨架
意外地受到了强力的震颤。保命高于一切
他便把干净的骨头，放入脏水，洗了一遍

我跪在他的灵前，烧纸，上香
灵堂中，只有他和我时，我便取出刚出的新书
《我的云南血统》，一页一页地烧给他
火焰的朗读，有时高音，烧着了我的眉毛
有时低语，压住了我的心跳。白蝴蝶抱着汉字
黑蝴蝶举着图片，一切都很生僻，为难他了
我想请那个扎纸火的道士，给他扎一个书生

他也该识文断字，打开慧眼。但忍住了，听天由命
他该如何如何，他该怎样怎样，一生
他都在接受，从没选择过，从没发言权。这一次
我们不要插手，不加码，不沾边，不上纲上线

再不能逼他了，1974年的冬天，大雪封锁滇东北高原
粮柜空空，火塘没柴，一家人跟着他吃观音土
喝冷水，感觉死神已在雪地上徘徊
一小块腊肉，藏于墙缝，将用于除夕，五岁的弟弟
偷了出来，切了一片，舍不得吃，用舌头舔
他发现了，眼睛充血，把弟弟倒提起来
扔到了门外。雪很深，风很硬，天地像个大冰柜
光屁股的弟弟，不敢哭，手心攥着那片肉
缓慢地挪向旁边的牛厩。牛粪冒着热气
弟弟把肉藏进草中，才把冻僵的小手和小脚
轮流塞进粪里取暖。母亲找到弟弟，像抱着一截冰块
疯了似的，和他拼命。他不还手
胸腔里的闷雷，从喉咙滚出来

像在天边。我们都看见了他的泪
像掺了太多的骨粉，黏糊糊的，不知有多重
停在脸颊上，坠歪了他的脸。他又一次

找了根绳索，把自己升起来，挂在屋檐

一个还没有嚼完黄连的人，想逃往天堂

谁会同意呢？他被堵了回来。五岁的弟弟

从牛厩中找出那片肉，在邻居的火上，烧熟了

递到他的嘴边。他一把抱住弟弟

哭得毫无尊严可言。为生而生的生啊

你让一个连死都不畏惧的男人，像活在墓地上面

1982 年，水里的青蛙、鱼虾，地下的石头、耗子

埋得最深的白骨，成群结队，跳了出来。它们来到阳光下

寻找和确认它们的主人。土地下放了，每一颗尘埃

有了姓名，每一条沟渠，变成了血管。大地上，到处都是

怦怦直跳的心脏，向日葵的笑脸。他和他的几个老哥们

提着几瓶酒，来到田野的心脏边，盘腿坐下，开怀畅饮

不知是谁，最先抓了一把泥土，投进嘴巴，边嚼边说

"多香啊多香!"其他人，纷纷效仿。用泥土下酒，他们

老脸猩红，双目放光，仿佛世界尽收囊中

醉了，一个个打开身体，平躺在地，风吹来灰尘和草屑

不躲，不让，不翻身。不知是谁，扯着嗓子

带头唱起了山歌："埋到脖子的土啊，捏成人骨的土……"

泪水纷纷冲出了眼眶。就像比赛，他们边唱边哭

有人噎住了，有人把头插进了草丛，有人爬起来，扒光衣服

在田野上奔跑，有人发呆，有人又抓了一把土，投进口中
他睡着了，怀中抱着一块土堡。醒来的时候，身边的人
全都走了，空旷、沉寂的田野，夜色如墨，一丝白，是霜

我的弟弟，四十不惑，跪到了我的旁边，又一条汉子
曾经在我面前，哭得用孝帕死死地捂住双眼
"如果他能活过来，别说纸钱，把我烧给他
我都没有怨言。"弟弟是个民工，也是睁眼瞎
和他同命，有力使不出来，有苦不敢对人言
活在生活的刀刃下。入殓时，他的眼睛留着一条缝
是弟弟帮他关了浮世的门，又顺手拉响天空的门铃
多年来，弟弟举家漂泊，到处卖苦力，但总是两个月时间
回家一次，给他理发，修剪指甲
还领着他去了一趟昆明，爬上了西山龙门
眺望了五百里滇池。照下的相片，他患上老年痴呆症之后
身无长物，却仍然放在贴身的衣袋，偶尔翻出
一看就是半天。弟弟总结：他的 66 年
一直在一根烟囱里，浑身黑透了，向上攀登
刚看到了天，一朵乌云，又遮住了天

他的两个姐姐，一个下落不明，一个风烛残年
两个哥哥，家族的坟山上，地心里喝酒

两堆白骨，一堆劝另一堆："你腰疼，多喝一点。"

另一堆又推回土碗："你的风湿病复发了

还是你多喝一点。"其他的穷亲戚

也是些泥土捏成的牛马，在山坳，在田间

弟弟去报丧，猛然跪下去，没有一个

表现出惊愕。仿佛他已活了几百年，仿佛

只要他还活在他们中间，他就会堵断

每一个溃逃者的路线。鼓队、狮舞、唢呐手、山歌王

猪羊祭、三牲祭、花圈、家祭、牌坊、纸幡

和挽联，鞭炮炸掉菜园，孝子像白鹤，匍匐在地

空气中的寺庙里，有人哭得死去活来

他的葬礼上，也有人在狂欢。喝醉了的人

把赌桌掀翻，有人提议，这种人

应该跪在灵前，头上点一支蜡烛，天天给亡人点烟

我的哥哥，沉默寡言，关键时候，平息了争端

"都是亲戚，谁都不准丢脸!"

这一个他的大儿子，宅心仁慈，娶老婆

快嘴李翠莲，交的朋友，父死守灵扶尸睡

逢人从来不说鬼。生前，他和大儿子

炉盖上喝葡泉二曲，一人一斤，你不推我不劝

你不语我不言，两个哑巴，两张红脸

鸡叫了，站起身来，不知是谁，拉开门

菜地里摘了个苹果，嚼了一半，随手就丢给了

早起的土狼犬。多么忠诚的土狼犬，守门十多年

没咬过谁，也没让谁顺手牵羊。1993 年

乡政府的打狗队，开进村来，远远地，它嗅到了

杀气，躲进了母亲的寿木。越安全的地方

越危险，土狼犬，被揪了出来，当着母亲的面

胸脯张开一张嘴，吞下了一颗飞来的子弹

那晚，他和母亲坐在屋外，望着天，又不敢

骂天不开眼。天一亮，两个人，折腾了好久

才从狗心上取出了那颗子弹。葬它于篱笆兮

守我田园；葬它于树底兮，魂附树体

可以登高望远。半个月后，他进城取钱，二儿子的稿费

200 元，四分之三，藏在鞋内，四分之一

大肚子收音机，买了两台

他跟小儿子吹嘘："一台随身带，另一台

放在家里，出门时打开。小偷光临，听见声音

肯定不敢胡来。"用收音机守门，他唯一的秘密

哦，跪在我旁边的弟弟，时间仅仅

过去了 25 年啊，那个 41 岁的农夫

他怎么就花光了土地到手的喜悦，抛弃了
衣食不愁的信仰和现状？你听，吊孝的人群中
一个驼背，正跟一个瘸子说："他肯定是死于胃病
他的命多硬啊……"的确，在矮人国，他的后半生
就像个生活的巨人，集市上买肉，柜台前沽酒
花小钱，眼都不眨。生点小病，就住医院
身上装着的药丸，五彩斑斓。多么难以猜度
从黄连中嚼出了甜，像在地狱的深处，刨出了桃花源
鬼迷心窍，可他仍然迷恋着野草越长越深的村落
打工回来的年轻人，看见他挖地，问他
"还没挖够，是不是土里埋着宝石和银元？"
他的儿女们，也在外面，话不顺耳，但他从不接茬
最终，艰辛的劳作还是又一次击溃了他
一把老骨头，秋风里冒大汗，风寒，继而毁掉了肺

为此，他住进了医院。同一间病房，都是等死的人，
他眼皮底下一张张床，空得很快。来填空的人，也是农夫
不敢问价，像进旅馆，住一夜，抬回了家
他的嘴一度很硬，不相信死神就在床边，他有着
足够多的未来。崩溃始于手术前，他说他的眼前
全是刀光，手不听话，双脚发颤，小儿子抱着他
多像抱着一台点火后没有开动的履带式拖拉机

34

后来，是他自己稳住了，向我招手，示意我坐在床沿
深深叹一口气，他说起了他见过的死——
某某死于天花，某某死于饥寒，某某死于溺水
某某死于武斗，某某死于暴饮，某某死于屋塌
某某从高空坠落，某某在狂笑中突然翻白眼
某某喝了农药，某某在批斗时倒下
某某被人奸杀，某某走暗路头上挨了一砖
某某触电，某某被牛踩扁，某某至今还在刑场上
胸口上的桃花，开得很艳……像阎王的生死簿
他罗列了一串，有的还是我少年时的玩伴

与死去的人相比，他说他多活了这么多年
没用推车，他自己走进了手术间
母亲坐在空空的走廊，我和哥哥弟弟，在厕所门前
不停地抽烟。妹妹在家煮饭，电话里一直在问
有没有危险？苍天有眼，他果然只是跟死神
打了一个照面，问安，再见。他能转身回来
我们为此举办了一个家宴。他以水代酒
戒烟，发誓要丢开与他搏斗了几十年的农田
灵堂里这些亲戚，有几个正在回忆
他几年前从医院出来时的笑脸："一点也不像地狱中
回来的人，走路比别人还快。"亲戚们说着说着

女的哭了，男的点支烟，放到他的灵位前

我的膝盖，疼得钻心，弟弟也换了几次姿态
那时，夜已深沉，一颗颗飞起的尘埃正落向地面
香灯师把嘴贴着我的耳朵："这么多孙子
把他们换上来，你们不能跪久了，明天还要出殡。"
时间刚过去半个月，我已记不清，那天
是谁扶着我从灵堂走到了屋外。落了几天的雨
突然停了，星汉灿烂，河堤上的核桃，枝条上扬
奋力向空中，排放着悲哀。牌坊上的对联
"人间才少慈父，天堂又增神仙"，碘钨灯照着
斗大的字，松枝丛里，像群侍机跃出的狮子

从老祖分支，他的这一辈，除了姑妈，还剩下
他的一个堂哥，白发苍苍的老木匠，年轻时弹月琴
村子里第一个骑自行车，中山服，翻毛皮鞋
垂垂老矣，硕果仅存。一个人缩在灵堂的角落
几天来不舍昼夜，手上始终握着酒怀，就像那一辈人
的代表，一半是人，一半是鬼，奈何桥头，一脸的灰烬
偶尔，从年轻人手中，拿过话筒，苍茫的夜空
响起悲怆的孝歌。都送走了，留一个人在世
老木匠的眼眶里，似乎翻动着一缕地狱的凉风

无论何时，都应该是圣旨、律法、战争、政治

宗教和哲学，低下头来，向生命致敬！可他这一辈

以上的更多辈，乃至儿孙辈，"时代"一词，就将其碾成齑粉

退而求其次的生，天怒、土冷；只为果腹的生

嘴边上又站满了更加饥饿的老虎和狮子；但求一死的生

有话语权的人，又说你立场、信仰、动机

没跟什么什么保持一致。生命的常识，烟消云散

谁都没有把命运握在自己的手心。同样活于山野

不如蛇虫；同样生在树下，羡慕蚂蚁

去年秋天，几个朋友，想看一眼诗人的故乡

辽阔的昭通坝子，水稻和蜻蜓翅膀下的路

越野车一再熄灭，坑连着坑，我们仿佛是去造访山顶洞人

从昭通城出发，五公里路，用时近两小时。门前的小路

比几个月前我来的时候更荒，青草盖住了月季

水沟很久没人光顾了，青苔封住了水。几棵花椒树

满身是刺，被蛛网一层一层地包裹，像几个巨大的棉球

如今用作灵堂的地方，堆着玉米的小山，刚一进门

我就看见他苍白的头，像小山上的积雪

喊一声"爹"，他没听见；又喊一声"爹"，他掉头

看了一眼，以为是乡干部，掉头不理，在小山背后

一个锑盆里洗手。念头一闪而过，那小山像他的坟
走近他，发现一盆的红，血红的红。他是在水中，洗他的伤口
我的泪流了下来，内心慌张，手足无措
也就是那一天，我们知道，他患上了老年痴呆症
灵魂走丢了。自此，他必须成为母亲的影子
而他，满世界的人，也只认得出我的母亲

我的母亲，在这守灵之夜，在这他人世的最后一夜
风湿病，走路像个瘸子，但一直在灵堂和厨房之间
忙个不停。不是忙着做什么，是想忙，不敢停下
相依为命的人，冤家，债主，体内的毒素
说没就没了，多小的世界呀，转身就是脸对脸
一张嘴巴里的上牙和下牙，一颗还悬着，另一颗
掉了，明天就要入土。灵柩已擦了无数遍，暗淡之光的镜子
照得出人影，可以梳头。我劝母亲，坐一下吧
那遗世的孤独，像隐形的敌人
把母亲等同于灵前的香灰，盖棺的泥土

我们就这样，像几个吝啬鬼，从肺俯中，一分一分地拿出
夜的金币。从来都怕黑暗，却想截留那断魂的一夜
道士找了一套他生前的衣服，让一条木凳穿上
由大哥背着，为他开辟升天的坦途。那木凳

真像他啊，一副空架子，头手耷拉，麻木不仁，放在哪儿
都能认出。他走之前的半个月，已经没说过一句话
一把生锈的铜锁，挂在喉咙。每天，当太阳爬上围墙
母亲就提一条小凳，坐在门边，绣花或者择菜
他也就跟着出来，墙角的破沙发上坐着，仿佛在发呆
有时是半天，有时是一个小时，有时只有十分钟
只要母亲起身回屋，他也就站起来，跟在后头
已经没有对话了，母亲偶尔说几句，也如落叶掉入空谷
有些晚上，难以成眠，他总要一再地确认
如果母亲就睡在隔壁，他才会在自己的房间，关了灯
陷入黑暗，安静地坐着，等母亲醒来

他走的那夜，两点半，母亲还听见他咳嗽
起身去看他，他正把马桶移到床边。五点半，母亲起床
摸他的脸，他已成仙。用尽一生，他都被活的念头
所牵引，终于将岁月消耗殆尽。并用死亡，一次性否定了
自己的意志。他真的不能再等？他真的
已经平静地接受了死亡？他真的只想静静地皈依
他耕种了一生的那方地块？也许，只有在那儿
世界才合身，才是他身体的尺寸。也许，在那儿
浮世才如他所愿，等于零或比零还小一点

39

那儿真的很小，尽管出殡的路，孝子再多
也跪不满。头顶的天，白云再多，也露出蓝；左边的河流
水淌了几万年，也还空着一半；右边的田，年年丰收
人依然饥寒。总有些空空之所，总有些设在空处的
广场和宫殿。总有些地方，大得可以单独使用邮政编码
却荒无人烟。伏跪于路，我已被弃；背土葬父
天地颠覆。招灵之时，我们像一条线
组合成血缘，他的躯体，由人抬着，在我们头顶上，先走
他的魂魄要慢一些，踩着我们的脊梁，没有重量
他多轻啊，轻如鸿毛。跨过我的一瞬，他似乎停了一秒
那一秒，我的鼻尖，我的心尖，抵在了地面
不知那秒是何年，天上人间；不知那秒逝去后
谁还会提着赶牛的皮鞭，把我打得皮开血绽。那一秒
他的最后一秒。那一秒，我的五脏庙，亮起了
他灵柩下那盏长明灯。之后，抬棺的人，一路西去
白茫茫的路上，只剩我的妹夫王绍平，端着酒
跪谢给他搬家的人："这是最后的时辰，请各位父老乡亲
走慢一点，他睡着了，走轻一点……。"

我现在所处的世界，已经是另一个了。给他的墓上
添完最后一捧土，叩过三个头，转过身，我对朋友说
——诸位，以后见面，请别喊我编辑或诗人，我只是孝子

一个只能去菩萨面前，继续哭泣的，他的二儿子
我试图给他写句墓志铭："他的一生，因为疯狂地
向往着生，所以他有着肉身和精神的双重卑贱！"
这个念头终被放弃，我将它写在这里，如果可能
不妨作为我将来的墓志铭。他这个农夫
和我这个诗人，一样的命运，难以区分

过哀牢山，听哀鸿鸣

很久不动笔了，像嗜血的行刑队员
找不到杀机。也很久
提不起劲了，像流亡的人
死了报国的心
我对自己实施了犁庭扫穴式的思想革命
不向暴力索取诗意，不以立场
诱骗众生而内心存满私欲
日落怒江，浩浩荡荡的哀牢山之上
晚风很疾，把松树吹成旗帜
一点也不体恤我这露宿于
天地之间的孤魂野鬼
我与诗歌没什么关联了，风骨耗尽
气血两虚，不如松手
且听遍野哀鸿把自己的心肝叫碎
——当然，它们的诉求里
存着一份对我的怨恨
——我的嗓子破了，不能和它们一起
从生下来的那天便开始哀鸣，哀鸣到死

睡前诗

天快亮了，鸟啼刺耳

沉沉大睡的人们，就将和世界

一起醒来。趁此无妄

与安静，我得写一行字

留给黑夜："整个晚上我都在厨房里杀鱼

鱼身都洗干净了，放在冰箱里！"

随后我在书房里倒头便睡

一双满是血腥的手

却怎么也带不到梦里去

忧患诗

把镰刀都收缴，我担心
他们割取粮草之后
也会用来伤及无辜
把斧头和砍刀都毁掉
我怀疑，斩荆伐木之后
他们会凶狠地对劈
把女人手中的绣花针
银簪子和菜刀，也一一搜走
我相信，杀人诛心
她们善于使用这些日常的
作案工具。还应该犁庭扫穴
把灶上的铁锅和铁勺、腿残者
骨内的钢针、牛马蹄上的铁掌
输电线路上的铜线、耕田的铧齿
打造棺木所用的锯片和凿子
竖碑所用的錾子和铁锤……
一并拿走，它们也暗藏着刀锋
经受不住思想暴力的鼓动

不过，也有许多天生的
致命之物，总是让我们束手无策
狮子的牙齿内有匕首，蛇的血液中
有毒箭，就连河床上滚圆的鹅卵石
内心也装着一把最古老的斧头
有的人身上透着逼人的杀气
他们带着无形的行凶物品
冷空气令人直打哆嗦，躲在肉里
的骨头，也被一再地刺穿
它踪影全无的气，在人们身体内外
进进出出，一如血洗，但又
不留半点痕迹。水滴石穿
最小的水滴里也有子弹
恶语伤人，歪理邪说里，有着
防不胜防的利剑。笔锋杀尽山中兔
书生的笔，见佛灭佛，他住在地窖里
也会怀抱地球仪，不停地写作枪杆诗
还有那无孔不入的感情
它让多少人万箭穿心？又让多少人
操刀搏命？大行其道的权力
和黄金，在日常生活的头顶上
操纵或反操纵，玩的几乎都是

有制度保护的杀人游戏……

当所有的人都手无寸铁了，我知道

人间仍然深藏着，无数难以清除的

利器。很多人的灵魂，也因此

终身得不到自由，得不到安宁

养猫记

江边，有座一个人的
尼姑庵。一个尼姑住在里面
已经很多年。那儿是滇东北峡谷
海拔最低的地方，贴着地心
在世界的下面。开始的时候
尼姑朝着浮世的方向，悄悄地
种植桃花和牡丹，在自己的头顶
只留了一轮月亮。后来
她迷上了水井，借用青蛙的身体
泅水，不停地向下，把鼓声
亲自送到寂静的地底
湿漉漉的尼姑，年纪慢慢大了
便养了一只猫。早上，让猫
听她诵经；中午，她摘来牡丹花
捣成酱，让猫吃；晚上，她和猫一起
竖起耳朵，偷听海拔高处的声音
那时她真正认识了风、蟋蟀
和大江的流水声。春天来临

桃花又开了，落了。她捡起地上的
花瓣，弄出汁液，把一只白猫
染成粉红，并散发着醉人的香气
那一年，她甚至爱上了
猫的叫春。房顶，明月，春风
猫的每根毛、每寸肌肤、每根神经
每滴看不见的血、每块拿不出来
的骨头，都在动，都在挣扎
都想有一个出窍的灵魂
忍不住了，发现自己悬在了空中
就叫，销魂蚀骨地大叫
而那叫声，又仿佛在一意孤行地
恳求，想调动自己的头颅
耳朵、鼻子、四肢……让它们一起
癫狂，一起释放或搜捕身体里
那一个着了魔的、把自己推上
绝壁的欲望之神。戏剧永远都是
独幕，舞蹈一直是独舞
但总是不停地上演，绵绵不绝
尼姑坐在舞台下的竹椅上
仰望或下沉，亢奋或睡去，偶尔
也会扪心自问："一个小如草芥的身体

为什么会掀起狂澜般的动静?"

有些意外,之后的几天

猫,离开了尼姑庵。而当尼姑

寻找未果,内心空落,正琢磨着

是否应该再养一只猫的时候

猫回来了,并在几个月之后

产下了几只小猫。尼姑对猫的引导

已然失控,她以为那是反抗寂静

的捷径,但猫拒绝委屈自己

猫比尼姑,猫的天国在身体里

尼姑,一直在地图上,寻找着天国的

地址。接下来的春天,尼姑庵

天天举办舞蹈节,尼姑

很快地就厌倦了。为了阻止

猫的队伍继续扩军,她去了一趟

几公里外的金沙镇。带回来的木匠

三天时间,斧劈,刀削,雕镂

做出的木牌,无比精致

上面刻着的牡丹,上了色

娇艳欲滴。尼姑,唤来一只只猫

将木牌,牢固地悬挂在猫的屁股上

猫,每走一步,就发出响声

寄宿庑殿的木匠，在那儿
听了一夜的猫叫春，也听了一夜
木牌拍打猫肉的节律
悄悄溜走的时候，黎明的大幕将启
看见尼姑的卧房亮着灯，尼姑
在念经，有意无意，带着
一丝丝猫的口音

八哥提问记

一个鳏夫，因为寂寞

想跟人说说话，养了只八哥

调教了一年，八哥仍然

只会说一句话："你是哪个?"

他外出办事，忘了

带钥匙。酒醉归来，站在门外

边翻衣袋，边用右手

第一次敲门。里面问："你是哪个?"

他赶忙回答："李家柱，男

汉族，非党，生于1957年

独身，黎明机械厂干部。"

里面声息全无，他有些急了

换了左手，第二次敲门

里面问："你是哪个?"

他马上又回答："我是李家柱

知青，高考落榜，沾父亲的光

进厂当了干部。上班看报

下班读书，蒲松龄，契诃夫

哈哈，但从不参加娱乐活动。"

他猫着腰，对着墙，吐出了

一口秽物，但里面仍然声息全无

他整个身体都扑到了门上，有些

站不稳了，勉强抬起双手

第三次敲门。里面问："你是哪个?"

他又吐了一口秽物，叹口气

答道："我真的是李家柱

父亲李太勇，教授，1968 年

在书房里，上吊自杀。母亲

张清梅，家庭主妇，三年前

也死了，死于子宫肌瘤。"

里面还是声息全无。他背靠着墙

滑到了地上，一个邻居下楼

捏着鼻子，嘴里嘟哝着什么

楼道里的声控灯，一亮，一灭

黑暗中，他用拳头，第四次敲门

里面问："你是哪个?"他又用拳头

狠狠地擂了几下门："李家柱

我绝对是李家柱啊。不赌

不嫖，不打小报告，唉

唯一做过的错事，却是大错啊

十岁时，在班主任怂恿下
写了一份关于爸爸的揭发书
噢，对了，也是那一年
在一个死胡同里，脱了一个女生
的裤子，什么也没搞，女生
吓得大哭。后来，女生的爸爸
一个搬运工人，狠狠地
一脚踢在了我的裆部。"里面
声息全无。刚才下楼的邻居
走上楼来，他翻了一下眼皮
但没有看清楚。随后，他躺到了
地上，有了想哭的冲动
左手抓扯着头发，右手从地面
抬起，晃晃悠悠，第五次敲门
里面问："你是哪个?"他已经不想
再回答，但还是擦了一下
嘴上的秽物，有气无力地回答
"我是李家柱，木子李，国家
的家，台柱的柱。你问了
干什么呀? 老子，一个偷生人世
的阳痿患者，行尸走肉，下岗了
没人疼，没人爱，老孤儿啊

死了，也只有我的八哥会哭一哭

唉，可我还没教会它怎么哭……"

里面，声息全无——

他终于放开喉咙，哭了起来

酒劲也彻底上来了，脸

贴着冰冷的地板，边吐边哭

卡住的时候，喘着粗气

缓过神来，双拳击地，腿

反向翘起，在空中乱踢，不小心

踢到了门上。里面问："你是哪个？"

他喃喃自语："我是哪个？我

他妈的到底是哪个？哪个？

我他妈的李家柱，哪个也不是……"

他一边说，一边不停地吐着秽物

里面，仍然声息全无

牧羊记

我在这座山上牧羊
一个老头，穿着一身旧军装
也在这座山上牧羊
山上的两群羊，很少来往
一群在坡地，一群在山梁
一群背阴，一群向阳
山上的草，每天
都被啃两遍。一泓溪水
带走了一群羊，半小时后
又带走另一群羊。它们仿佛
一群是魂魄，一群是羊
那时候，我刚刚学会吹竹笛
常常爬到松树上，一边吹笛
一边盯着夏天的玉米地
锄草的姑娘，花儿一样开放
每天，老头都背着一口
大铁锅，在坟地里
捡来一根根白骨

点燃柴火，熬骨头汤。然后

用一个土碗，喂他的羊

他的羊，又肥又壮

那些白骨，被熬了一次又一次

但每次熬过，他又会将它们

——放回原地。他知道

它们不同的墓床，从来不会

放错地方。第二天，他又去捡拾

就像第一次那样：扒开草丛

捡起来，鼓起腮帮

吹一下尘土，集中起来

小心翼翼地放入滚沸的铁锅……

我怀疑他知道那些骨头

的主人，却从来不敢与他搭腔

他满脸的阴冷，令我迷茫

而慌张。我曾经发誓

一定要重新找一座山

到别处去牧羊

但我年轻的心，放不下

这座山上，一个穿红衣裳的姑娘

寂静

圣约翰大街上谈起寂静时

我们正好走进了

一家琥珀店。教堂里的寂静是一种

昆虫在琥珀中感受到的

是另一种。还有没有更多的寂静？我们

在相同的货色前，表情不一

欲望，该死的欲望，每个人都有很多

华沙街头到处都是的祭坛

也伸着一双双只剩下骨头的手

暴力带来的死亡，任何地方都发生过

一再重复过，关键是当一颗颗炸弹

松脂一样突然落下，死亡不仅

透明，而且不朽，我们在想什么？寂静

就变得比骷髅翻身坐起索取生存权

的呼叫，更让人恐怖。很难想象

几千万人的死亡也变成饰品

很难想象，一个死去又活过来的国家

它是如此的寂静。星期天早晨

人们奔跑向教堂，仿佛需要洗礼和忏悔的

是生存而不是死亡。我已经不想

把话题从寂静延伸到无辜

作为诗人，苦难的迟到者，此时

在圣歌声里，那些住在灵柩里的修士

或许才是我的知音或战友

给死去的波兰人写信

一直都在下雨，背着十字架
行走的教徒塑像，在窗外
一再地接受洗礼。上帝让它活着
它就让石头的道袍飘飘欲飞，高出死亡
不知多少米。像隔着苍茫的东欧平原
我们不停地喊话，只为消除
彼此强烈的象征性，真实地回归肉体
我从天空来访的那一天
东欧洲的白云，在虚无的地方
仿制了一片流放地，冰块和雪
从德国铺到了波兰，但我还是认出了
云朵纯洁的本质。现在，我却
如坠冰窟，白云下的华沙
犹如墓穴之底，焚尸炉熄灭了
地狱的门外，仍有孤魂排起长队
翻译指着旅馆墙上的一块纪念碑
告诉我："这幢楼里，曾有
一百多老人和幼儿死于非命！"

每天晚上，梦中我就会回到

死人的世纪，伸着满是血污的手

乞求有人能拉一把，而我的身边

只有这个背着十字架奔跑的教徒的影子

它身上的光，被硝烟染黑了

十字架上有数不清的弹洞

无命可逃的人，眼眶里尽是愤怒

的种子。它比谁都清楚，丧乱发生

杀人者是提前到来的，而它又

无力制止。同样，道成于肉身

人被奉为神灵，也曾有一台搅肉机

提前轰响于黎明的广场，鲜血

被指认为污浊的雨水，骨粉和石灰

被混拌在一块，谁也不准

从里面提炼灵魂。它和我们

并没有太多的区别，当自己也被

别人的死亡彻底带走了，唯一还能

谈论的只剩下时间的消失、孤独和信仰

离开的那天，整整一个晚上

我站立在窗前，准确地感到，有一个我

将体内的骨头雕成了十字架

发誓要活在未来，也成为塑像

我拒绝了。我已经再不能承受

任何形式的任何理由的致命一击

让死神提前躲在一旁监视自己，我愿

迅速离开波兰，隔着一个国家

给死去的波兰人写信

清明节，在殷墟

野草和庄稼让出了一块空地

先挖出城墙和鼎，然后挖出

腐烂的朝廷……我第一眼看见甲骨文

就像看见我死去多年的父亲

在墓室中，笨拙地往自己的骨头上刻字

密密麻麻，笔笔天机

——谁都知道，那是他在给人间写信

在少林寺

我也在练功：在文字里苦修

铁布衫、金钟罩

纸内包着烈火，杀机四伏，笔笔刀锋

即使经卷，安神，断妄，超度

一念之差，万事皆空

我本不相信肉体内有铁器、有翅膀

有排山倒海的气力，但子弹一样的

带毒的字词，总是催生出神来的异禀

文字狱中，囚徒多有柔骨功

封杀令、禁声咒，也必有人深谙蹿纵术

和木人功。有时候，走火入魔

困在险峰或被关在炼丹炉，甚至

被套上头罩，押赴梦中的断头台

我会随遇而安，把每一个地方

都视为终点，一生虚度，再不挪动

衣衫若铁，发肤似钢

我躲过了一劫又一劫，保全了生的独立性

苟且与懦弱的安全感。我不曾

奢求刀棍之下的文字，全都拥有

不朽的尊严，尽管胸中的热血之烈

杀心之重，堪比绝路上饕餮人命的罗汉

僧衣内都是秀才，折扇后总有圣徒

刺血写经，为天地立心

都是夸大了个体的神功而又

百无一用。屠龙术，乌托邦

犹如今天中午的阳光，无声地落入草丛

站在塔林隔栏的外面，我倒吸

一口冷气，欲作狮子吼

但脚底之下，厚厚的土层里

似乎有人还在重温梅花桩

春天的小鸟，则在柏树之间

借塔林的高低，演示着轻功

2007 年 6 月，版纳

橡胶林的队伍，在海拔 1000 米

以下，集结、跑步、喊口号

版纳的热带雨林

一步步后退，退过了澜沧江

退到了苦寒的山顶上

有几次，路过刚刚毁掉的山林

像置身于无边的屠宰场

砍倒或烧死的大树边，空气里

设了一个个灵堂。后娘养的橡胶苗

弱不禁风，在骨灰里成长

大象和孟加拉虎，远走老挝

那儿还残存着一个梦乡

一只麂子，出现在黄昏，它的脊梁

被倒下的树干压断，不能动弹

疼痛，击败了它。谁领教过

斧头砍断肢体的疼？我想说的是

或许，这只麂子的疼

就是那种疼，甚至更疼——
一种强行施赠的、喊不出来的
正在死亡的疼。活不过来的疼

一座木楞房的四周

一座木楞房的四周

西面是高黎贡山，南面

是贡丹神山，东面是阿妮日宗姆山

北面是怒江。一座木楞房的四周

西边是普化寺，南边是重丁教堂

东边是原始道场，北边是一条

直通西藏的路。一座木楞房的四周

西侧是村落，南侧是田野

东侧是杂树丛生的丘陵

一个池塘，在北侧。一座木楞房

它的四周：门前，有人在打青稞

屋后的柿子红了，左边的草丛

昆虫在交配，右边的牛厩

一个牛头，伸出了栅栏

羊羔，小狗，鸡鸭和孩子

围着木楞房，找食，捉迷藏

笔直的炊烟，在房顶，伸向天空

冬天就将来临，鼹鼠在床底挖地窖

啃来的半页经书，成了它们的被褥

荒城

雄鹰来自雪山，住在云朵的宫殿
它是知府。一匹马，到过拉萨
运送布料、茶叶和盐巴，它告老还乡
做了县令。榕树之王，枝叶匝地
满身都是根须，被选举为保长
——野草的人民，在废弃的街上和府衙
自由地生长，像一群还俗的和尚

尘土

终于想清楚了：我的心
是土做的。我的骨血和肺腑，也是土
如果死后，那一个看不见的灵魂
它还想继续活着，它也是土做的
之前，整整四十年，我一直在想
一直没有想清楚。一直以为
横刀夺取的、离我而去的
它们都是良知、悲苦和哀求
都是贴心的恩膏、接不上气的虚无
和隐秘的星宿。其实，这都不是真的
它们都是土，直白的尘土
戴着一个廉价的小小的人形护身符

故乡的人们

故乡的人们，死者和生者

我已经分辨不清

他们还在一起活着，互相穿插

彼此递烟，用一只土碗喝酒

甚至几个人同时爱着一个女子

某些时候，我会把死者的面貌

错安给生者，那些活着的人

我则参加过他们的葬礼

千奇百怪的故事和命运

我更是张冠李戴

而且总是觉得，你能想到的生与死

惨痛与麻木，如果一点不剩地

强加给他们中间的任何一个

都是那么的妥帖，那么的合身

即使把你见闻过的死

全部扣在一个生者的头上

这个生者也不会觉得沉重和委屈

我没见过重生，却看见过死了又死

修筑电站和兴建金融大楼

有多少死者的坟墓被挖开，一堆堆白骨

每一堆都乐于接受又死一次

多一次葬礼。就连寺庙被拆

那些不知往何处去的鬼魂

它们都愿意把发电机组和保险柜

当成自己崭新的灵位

我当然知道，遗留在故乡的人

已经越来越少，故乡已经断子绝孙

田园将芜胡不归？父母垂死

胡不归？有一次，大哥在电话里

告诉我这么一件事：一位母亲盼儿归

八年了，儿未归来，就买了一瓶农药

来到坟山上，自己挖了一个坑

躺下，在坑内悄悄地喝药自尽……

更让人心碎的是，这位绝望的母亲

她不知道，她的儿子，已在七年前

摔死在了建筑工地。更多的

乡下父母亲们，也许至今仍然不知道

建筑和建筑学，经济和经济学

已经沦为无处不在暴力

作为一个乡村之子，一个诗人

我曾一再地提醒我的故乡的人们

想跪在村口，哀求人们转身

但在人们眼中，我也是一个死去的人

在世上

每天都在途经刑场，与很多
初次见面的人产生分歧
从而永久决裂。会议室的第一排
听魔术师剖析摄魂术，核心是一把刀
涂上麻醉剂，先是在你眼前晃动
说一点也不疼，然后才杀死一只白鼠
与此同时，有人高高举起铁锤
在你的注视下，把一截象骨打成粉末
在教堂或图书馆，文字的表面
洒满了阳光和月色，里面则掺入了
迷药甚至毒药。广场、街边、超市
不准你回头，背心抵着匕首
每个人必须从唯物回到唯心
以个体的名义，加入拜物教的大游行
恭迎从流放地归来的财神，窗帘的背后
却又预设了清教徒杀心暴烈的狙击手
村庄里人烟越来越稀，工厂里
也看不到什么人影，他们都去了

矿洞和涡轮，去了生活严酷的审讯室

……确实，我曾一次次想过

能不能在枪响之前，偷捕几个活口

冤死者手上肯定有不少的秘密

以及被篡改过的动物的归类记录，也许他们

被归入了狼、狐狸和狗。我还想过

不妨抛开书本，停止写诗，做个盗墓贼

挖开沦为禁地的泥土，在月光下

开棺验尸，我倒要看看

这些被埋得很深的鬼，他们手中

是否还拿着过期的毒酒

和只剩下木柄的匕首，是否私吞了

我们的厄运、耻辱和暴死

我承认，野花、流水、街道和住宅楼

有预谋地封锁了现场，我至今

没有找到具体的墓地，并固执地认为

我们这些苟活者，其实已被隐形的子弹

和刺刀，洞穿过无数次，被埋葬了很久

呼呼呼，谁都以为是心跳

嚓嚓嚓，诗人还以为是在松竹梅中散步

忘情时被枝蔓撕裂了衣袖。有一天

酒后，豪情万丈，路过刑场时

我突然跑得比子弹还快

扑倒下跪的领刑者，为他们松绑

结果令人沮丧，一个劫法场的书生

他临死也不信——这些人

都是自首而且拒绝拯救，而且子弹

还没上身，他们已经一个不剩地死去

往事记

初秋某日，从勐遮镇去布朗山

沿山径蛇行。见树多不知名

识榉木与橄榄。野鸟匿隐而啼，听出白鹇

溪水数泓，有拉祜少女二三，赤裸

如山鬼，据水为己有，沐浴，作镜

不避路人，无邪而路人无邪

天上云朵入镜，碎鱼引为床

不眠之眠，其乐单一

在一个山坳中，惊看并列三坟

同一个墓主，湖南人，坟建于明嘉靖时

中间一坟葬灵魂，左坟葬肉身

右坟葬金银，周边蔓草

长得比人还深。私下不免低咕

此乃妙人、妙鬼，得一方山水

便忘了楚国，便了断了现今与来世

黄昏抵布朗山，又逢丧葬

死者不见死相，白发，红脸

笑意未止。世戚旧僚，绕尸歌舞

旁有多依树一棵，一男一女，交颈依偎

叹曰：所谓生死场，生死无欺

互为开始。让我累美而醉，归期不计

病房

有人给我洗头、换血

结扎，四十八年来

都在重复，一天都没缺席

我瘫痪于世上，身体

已经是废墟，但我仍然是一个

浪漫主义者，动一下邪念就等于革命

为了象征性地活着，我会耍一些

小花招：不按剂量服用药物

向美丽的小护士谎报

体温和心跳的次数。给我主刀的

医生，是个赣南人，迷恋诗歌

他常常单刀直入："只要我愿意

我能打开你舌头上的枷锁，能摘除你的

反骨，不过，你的秘密，我们已经

毫无兴趣！"我对着他磨牙、吹口哨

翻白眼，一直没有向他泄露我

残存的愿望：自杀或者登高

也可以合二为一，在登高那天

果断地自杀。某位大人物
曾经是我的同伙，他在病床前坐下
我就装死，他贴着我的耳朵说
"我已替你写了悔过书……"
我突然死去活来，在白色的被褥里
剧烈地抽搐。然而，一系列的花招
都被他们识破，主刀医生一边替我
开膛破肚，一边叹息："多么洁白啊
这一根根反革命的骨头！"
他们从不麻醉我，我就这样在革命
与反革命之间，气息奄奄地亡命
头顶上悬着的那盏刺目的
不让我入睡的、我又无法击碎的日光灯
它目睹了我被觊觎、被抵押
甚至早就被遗忘的双重命运
但我还没有被送上人鬼互谅的审判台
我还得持守一个无谓牺牲者孤立
的尊严，继续愤怒、挣扎和受难

尽头

沉默、粗粝，一块灰白色的石头

处在天空和群山

轮番的重压下。也裸露在

阳光、星斗、风云、雷雨和时间

无常的漩涡中。没有佛形、人形、兽形

不是放大的拳头，也不是

缩小的心脏。上面没有碑文

身下也没有埋人。刨开四周的泥土

没有发现榕树和曼陀罗

无处不在的根蔓及尖锐的竹笋

蚯蚓、臭虫、蚁群，先于它逃亡

抛下的尸骨已经变成了土

飞鸟不在它身上栖息，月光

始终没将它磨成镜子。它不反光

它的内心没有投影和记忆

释迦牟尼曾在几十公里外设坛讲经

留下清澈的河山、信徒和寺庙

它没有听见、没有看见、没有感应

抱着石头的本质，彻底断绝了

成为纪念碑的可能性……

基诺山上这块石头，是我说的尽头

如果你见到一块

与之截然相反的石头

那你提供的是第二种尽头

荒山上

在靠近老挝的一座荒山上
碰到一条草丛中啃食骨头的白狗
它弓着的脊背、腹部上甩动的
一排乳头、肮脏的白毛
开显和勾勒出了一种很少有人抵达的
尽头上的落魄与孤苦
四周几十公里没有人烟
它是不是丧家犬，我不知道
它的喉咙中不时发出呜呜的响声
牙齿与骨头不停地冲突
激烈的破碎之声，让我觉得
它是在啃一块石头，或者
是在啃自己的骨头
我内心惊悚地坐在山顶，看悬崖、峡谷
远山和落日，互相没有打扰
甚至从我来到又走掉
它都没有抬起头，看我一眼

卜天河的黄昏

溪水的声音盖过了

河流。金色树冠上的蝉叫，大合唱里

暗藏了独白的树枝。白鹳的羽毛

一点点变灰，一点点变黑

河滩上走过一群野象

它们庞大的肉身，皮肉一块一块地遗失

我形单影孤，抄经时用光了血滴

以和尚的身份过河时

流水没有情义，我的骨头

一根根变细，一根根变轻

我想三言两语，说出一条河流

凌迟与放逐的多义性；说出

河岸隐形的邪教与暴力

说出脚底下永不停息的怒吼

但我进退两难，身在绝境

个体的基诺山王国中，真相即虚无

我不能开口说话，甚至不能在灭顶之际

反反复复地呼救。为此

人云亦云的减法，当它减去了
救命的稻草，减去了我的宽容与仁慈
就为了去到对岸，杳无人迹的地方
我想杀人。就为了肃清落日
带来的恐惧，我想杀人
就为了在卜天河上，捞起水中
一个个孤独奔跑的替死鬼，我想杀人
哦，那一天黄昏，在杀人狂的幻觉中
我草菅人命，杀光了内心想杀的人
现在，我是一个圣洁的婴儿
就等着你们，按自己的意志
将我抚养成人，或者再造一个恶灵

复仇记

一对双胞胎兄弟，在父亲

被老虎撕成碎片的丛林边上

修建房屋，耐心地住了下来

日子，布满仇恨

野花和岩浆，也弥漫着古老的杀气

他们早上搜山，下午练习射击

野猪、豹子、飞禽

纷纷以老虎之名死去

林中骤然刮起的旋风、草丛里的石头

色彩斑斓的树叶，身上都有

数不清的弹洞。他们养猫

天天睡前杀猫。他们买来

《虎啸图》，贴在悬崖、树身、陷阱

或随意丢在山坡上，每一张

都被子弹打成碎片，并将碎片

与猫肉一起，熬成粥……

这一天清晨，兄弟俩又进入了丛林

一个往东，一个向西，约好了

在一座破庙里汇合

弟弟一路端着枪，撞上枪口的

照例有野兔、斑鸠、乌鸦

但他很快就抵达了破庙

而且，他看见，破庙的门槛边

有三只尽情嬉戏的幼虎，样子像猫

他的血液上涌、继而凝固

继而又燃烧。不过，他没有动枪

父亲传下来的经验，有幼虎的地方

周边一定有觅食的母虎

他取下背上的弩，上弦

三支毒箭射出去，破庙的门槛边

多出三滩虎血，在初升的阳光下

红，红得有反光。接下来

他才蹑手蹑脚地进入破庙

藏身于蛛网罩着的菩萨背后

在菩萨的肩上，支起了枪

枪口恶狠狠地对着阳光灿烂的庙门

是的，他没有等待多长时间

虎啸声很快就传了过来

身边的菩萨也为之一抖

随后，那头他和哥哥寻找多年的老虎

它终于出现了。世界也因此

顿时疯狂、失控、虚空

他找不到一丝力量再扣动扳机

他看见，老虎在三只幼虎的尸体旁

停下，继而一声接一声地长啸

老虎的背上，扛着他

死不瞑目的哥哥

戏剧

在有关雨林的戏剧中，我塑造了
一头猛虎。它得帮我找出
语言和假象的雨林深处
深藏不露的狮子。剧情简单得无以复加——
一头猛虎，出自本能地寻找狮子
剧幕一开，布景是星空、雨林
和一座坍塌多年的寺庙
猛虎从寺庙的断墙和残破的佛像之间
昂首走出。它入戏很快，马上就忘了
自己是灭绝的种族，暴君、自由之神
和丛林之王的本性拔地而起
它腾空的几次飞扑，它的一声声
长啸里，雨林顿时失去了丰富性，星斗
躲到了云层后面，独树成林的巨木
缩小为草芥，飞禽瘦身为瓢虫
昆虫则碎化为粉尘——这不是我设想中
的剧情，我反对暴政借尸还魂
主张戏剧中的物种各安天命

便将猛虎叫到台下，一顿劈头盖脸
的呵斥。同时，还将布景换成了
残月、荒丘和流水。这一回
猛虎横卧在荒丘上，一动不动，热衷于
远眺，我以为只要它一直等着
流水一定会送来狮子。但它的瞳孔
迸射着令人胆寒的杀气，一点也不放过
每一次杀机。路过的狐狸、藏獒
黑豹，乃至野兔、孔雀、老鼠
和一切细碎的生灵，都被他变着花样
一个不剩地折磨致死——
这也背离了戏剧的旨趣，而且
我坚决反对地狱的盗版流行于人世
质疑误伤的合法性，容忍不了
由此派生的滥杀无辜
以及暗杀与秘密处决
排练到这儿，我意识到了猛虎天生的
反异类行为，非我能够压制
而狮子，操控戏剧结局的那头
同样丧心病狂的狮子，它还躲在暗处
无视悲剧的一再发生，我只能
再一次训导猛虎，并将布景调换为

象征天国的基诺山，为防止它饥饿乱性

还将一群肥硕的羊羔赶到了舞台上

然而，这头猛虎，吃光了羊羔

也吃光了山中走投无路的人

最令人悲伤、无助和抱恨的是，狮子

仍然没有出场。这头狮子

它究竟在哪儿呢？戏剧难以向下深入了

那个扮演猛虎的演员，他告诉我

他嗅到了狮子刺鼻的血腥味，听到了

狮子高于尘土的心跳声，甚至感应到了一股

来自狮子的比猛虎更加无处不在的

杀气。但他心力已经用尽

还是不知道隐形的狮子

到底在哪里。他绝望地哭泣的时候

我绝望地撕毁了剧本，死心塌地

做了一个基诺山上的草民

陈先发

大雁塔

木梯转出嗜啖蛋黄的农民

他说：我跨过五个省来看你

一路上玩着、饿着指尖的大雁塔。

多年前

他是唐僧——

为塔迎来了垂直的那个人，那种悲悯

耳中炎热的桑椹，

仿佛流出了倾听的蜜汁。

我长久地沉默着，又像在奋力锯开

内心纠缠的塔影。

再也回不去了

我们在同一轮明月下，刚刚出生时的皎洁，

我们在同一盖松冠下，天狼星发凉的盔甲。

1997 年 1 月

白云浮动

白云浮动，有最深沉的技艺。
梅花亿万次来到人间

田野上，我曾见诸鸟远去
却从未见她们归来
她们鹅黄、淡紫或蘸漆的羽毛
她们悲欣交集的眉尖

诸鸟中，有霸王
也有虞姬

白云和诸鸟啊
我是你们的儿子和父亲
我是你们拆不散的骨和肉
但你们再也认不得我了，再也记不起我了。

1998 年 3 月

街边的训诫

不可登高

一个人看得远了，无非是自取其辱

不可践踏寺院的门槛

看见满街的人都

活着，而万物依旧葱茏

不可惊讶

2001 年 9 月

前世

要逃，就干脆逃到蝴蝶的体内去

不必再咬着牙，打翻父母的阴谋和药汁

不必等到血都吐尽了。

要为敌，就干脆与整个人类为敌。

他哗地一下脱掉了蘸墨的青袍

脱掉了一层皮

脱掉了内心朝飞暮倦的长亭短亭。

脱掉了云和水

这情节确实令人震悚：他如此轻易地

又脱掉了自己的骨头！

我无限眷恋的最后一幕是：他们纵身一跃

在枝头等了亿年的蝴蝶浑身一颤

暗叫道：来了！

这一夜明月低于屋檐

碧溪潮生两岸

只有一句尚未忘记

她忍住百感交集的泪水

把左翅朝下压了压，往前一伸

说：梁兄，请了

请了——

2004 年 6 月 2 日

从达摩到慧能的逻辑学研究

面壁者坐在一把尺子

和一堵墙

之间

他向哪边移动一点，哪边的木头

就会裂开

（假设这尺子是相对的

又掉下来，很难开口）

为了破壁他生得丑

为了破壁他种下了

两畦青菜

2005 年 1 月

隐身术之歌

窗外，三三两两的鸟鸣

找不到源头

一天的繁星找不到源头。

街头嘈杂，樟树呜呜地哭着

拖拉机呜呜地哭着

妓女和医生呜呜地哭着。

春水碧绿，备受折磨。

他茫然地站立

像从一场失败的隐身术中醒来

2005 年 3 月 15 日

秩序的顶点

在狱中我愉快地练习倒立。

我倒立，群山随之倒立

铁栅间狱卒的脸晃动

远处的猛虎

也不得不倒立。整整一个秋季

我看着它深深的喉咙

2005 年 9 月

鱼篓令

那几只小鱼儿，死了么？去年夏天在色曲
雪山融解的溪水中，红色的身子一动不动。
我俯身向下，轻唤道："小翠，悟空！"他们墨绿的心脏
几近透明地猛跳了两下。哦，这宇宙核心的寂静。
如果顺流，经炉霍县，道孚县，在瓦多乡境内
遇上雅砻江，再经德巫，木里，盐源，拐个大弯
在攀枝花附近汇入长江。他们的红色将消失。
如果逆流，经色达，泥朵，从达日县直接跃进黄河
中间阻隔的巴颜喀拉群峰，需要飞越
夏日浓荫将掩护这场秘密的飞行。如果向下
穿过淤泥中的清朝，明朝，抵达沙砾下的唐宋
再向下，只能举着骨头加速，过魏晋，汉和秦
回到赤裸裸哭泣着的半坡之顶。向下吧，鱼儿
悲悯的方向总是垂直向下。我坐在十七楼的阳台上
闷头饮酒，不时起身，揪心着千里之处的
这场死活，对住在隔壁的刽子手却浑然不知。

2004 年 11 月

青蝙蝠

那些年我们在胸口刺青龙，青蝙蝠，没日没夜地
喝酒。到屠宰厂后门的江堤，看醉醺醺的落日。
江水生了锈地浑浊，浩大，震动心灵
夕光一抹，像上了《锁麟囊》铿锵的油彩。
去死吧，流水；去死吧，世界整肃的秩序。
我们喝着，闹着，等下一个落日平静地降临。它
平静地降临，在运矿石的铁驳船的后面，年复一年
眼睁睁看着我们垮了。我们开始谈到了结局：
谁？第一个随它葬到江底；谁坚守到最后，孤零零地
一个，在江堤上。屠宰厂的后门改做了前门
而我们赞颂流逝的词，再也不敢说出了。
只默默地斟饮，看薄暮的蝙蝠翻飞
等着它把我们彻底地抹去。一个也不剩

2004 年 10 月

残简(3)

秋天的斩首行动开始了：

一群无头的人提灯过江，穿过乱石堆砌的堤岸。

无头的岂止农民？官吏也一样

他们掀翻了案牍，干血般的印玺滚出袖口。

工人在输电铁架上登高，越来越高，到云中就不见了。

初冬时他们会回来，带着新长出的头颅，和

大把无法确认的碎骨头。围拢在嗞嗞蒸腾的铁炉旁

搓着双手，说的全是顺从和屈服的话语

2005 年 10 月改旧作

伤别赋

我多么渴望不规则的轮回

早点到来，我那些栖居在鹳鸟体内

蟾蜍体内、鱼的体内、松柏体内的兄弟姐妹

重聚在一起

大家不言不语，都很疲倦

清瘦颊骨上，披挂着不息的雨水

2005 年 4 月

最后一课

那时的春天稠密，难以搅动，野油菜花
翻山越岭。蜜蜂嗡嗡的甜，挂在明亮的视觉里
一十三省孤独的小水电站，都在发电。而她
依然没来。你抱着村部黑色的摇把电话
嘴唇发紫，簌簌直抖。你现在的样子
比五十年代要瘦削得多了。仍旧是蓝卡基布中山装
梳分头，浓眉上落着粉笔灰
要在日落前为病中的女孩补上最后一课。
你夹着纸伞，穿过春末寂静的田埂，作为
一个逝去多年的人，你身子很轻，泥泞不会溅上裤脚

2004 年 10 月

逍遥津公园纪事

下午三点，公园塞满了想变成鸟的孩子
铁笼子锈住，滴滴答答，夹竹桃茂盛得像个
偏执狂。我能说出的鸟有黑鹇、斑鸠、乌鸦
白头翁和黄衫儿。儿子说："我要变成一只
又聋又哑的鸟，谁都猜不出它住哪儿，
但我要吃完了香蕉、撒完了尿，再变。"
下午四点，湖水蓝得像在说谎。一个吃冰激凌的
小女孩告诉我："鸟在夜里能穿过镜子
镜子却不会碎掉。如果卧室里有剃须刀
这个咒就不灵了"。她命令我解开辫子上的红头绳儿，
但我发现她系的是绿头绳儿。
下午五点，全家登上鹅形船，儿子发癫
一会儿想变蜘蛛，一会儿想变蟾蜍。
成群扎绿头绳儿的小女孩在空中
飞来飞去。一只肥胖、秃顶的鸟打太极拳
我绕过报亭去买烟，看见它悄悄走进竹林死掉。
下午六点，邪恶的铀矿石依然睡在湖底
桉叶上风声沙沙，许多人从穿形后门出去

踏入轮回。我依然渴望像松柏一样常青。

铃声响了，我们在公共汽车上慢慢地变回自己

2005 年 4 月

中年读王维

"我扶墙而立，体虚得像一座花园"。
而花园，充斥着鸟笼子
涂抹他的不合时宜，
始于对王维的反动。
我特地剃了光头并保持
贪睡的习惯，
以纪念变声期所受的山水与教育——

街上人来人往像每只鸟取悦自我的笼子。
反复地对抗，甚至不惜寄之色情，
获得原本的那一、两点。
仍在自己这张床上醒来。
我起誓像你们一样在笼子里，
笃信泛灵论，爱华尔街乃至成癖——
以一座花园的连续破产来加固另一座的围墙。

2008 年 9 月

正月十五与朋友同游合肥明教寺

散步。

看那人，抱着一口古井走来

吹去泡沫

获得满口袋闪烁的石英的剖面——

我们猜想这个时代，在它之下

井水是均衡的

阻止我们向内张望

也拒绝摄影师随意放大其中的两张脸

而头脑立起四壁

在青苔呈现独特的青色之前。

我们一无所思

只是散步。散步。散步，供每一日的井水形成。

有多年没见了吧

嗯

春风在两个拮据的耳朵间传送当年的问候。

散步

绕着亭子

看寺院翻倒在我们的喉咙里

夜里。
井底的稻田爬上我们的脸哭泣
成为又一年的开始

2009 年 2 月

膝盖

整个七月，我从闷热的河滩捡回遗骨。

满坡青岗木之上，

落日薄如冰轮。

群鸦叼来的雨水，

颗颗击碎我的头顶。

我散步，直至余光把我切割成

一座不可能的八面体。

我用一大堆塑料管，把父亲的头固定在

一个能看到窗外的位置上。

整个七月，

他奄奄一息又像仍在生长。

铁窗之外。窸窸窣窣的树叶，

他知道，

是大片的，再也无法预知的河滩。

洪水盖过了我的头顶。

我在洪水之下，

继续捡回遗骨。

渐渐地，我需要为轮回作出新的注解。

我告诉父亲，有些遗骨

是马的。它们翻山越岭又失掉这些。

有些是鸱鹩的。像鼻翼中夜色正浓。

有些是祖先的。在我的汗水中无端端发烫。

七月。沙子正无边无际凉下来，

而我深知传统不会袭击个人，

——当父亲已不足一个。

我再不能在他的病榻前把自己描述为异端。

他更微弱的训诫，

如此可怕又持久。

像沙下的遗骨来到新一轮阴翳中。那凉下来的，

沙子中的沙子，塞满了我的膝盖。

2009 年 7 月 31 日

可以缩小的棍棒

傍晚的小区。孩子们舞着
金箍棒①。红色的，五毛或六毛钱一根。
在这个年纪
他们自有降魔之趣

而老人们身心不定
需要红灯笼引路
把拆掉的街道逡巡一遍，祝福更多孩子
来到这个世界上

他们仍在否定。告诉孩子
棍棒可以如此之小，藏进耳朵里。
也可以很大，搅得伪天堂不安。
互称父子又相互为敌

形而上的湖水围着
几株老柳树。也映着几处灯火。
有多少建立在玩具之上的知觉

需要在此时醒来?

傍晚的细雨覆盖了两代人。

迟钝的步子成灰。

曾记起新枝轻拂,

那遥远的欢呼声仍在湖底。

① 语出《西游记》。见第三回《四海千山皆拱伏,九幽十类尽除名》。

2009 年 3 月

听儿子在隔壁初弹肖邦

他尚不懂声音附于何物
琴谱半开，像林间晦明不辩。祖父曾说，这里
鹅卵石由刽子手转化而来
对此我深信不疑

小溪汹涌。未知的花儿皆白
我愿意放弃自律。
我隔着一堵墙
听他的十指倾诉我之不能

他将承担自己的礼崩乐坏
他将止步
为了一个被分裂的肖邦
在众人瞩目的花园里

刽子手也有祖国，他们
像绝望的鹅卵石被反复冲刷

世界是他们的

我率"众无名"远远地避在斜坡上

2009 年 2 月

良马

半夜起床，看见玻璃中犹如

被剥光的良马。

在桌上，这一切——

筷子，劳作，病历，典籍，空白。

不忍卒读的

康德和僧璨

都像我徒具蓬勃之躯

有偶尔到来的幻觉又任其消灭在过度使用中。

"……哦，你在讲什么呢"，她问。

几分钟前，还在

别的世界，

还有你

被我赤裸的，慢慢挺起生殖器的样子吓着。

而此刻。空气中布满沉默的长跑者

是树影在那边移动。

树影中离去的鸟儿，还记得脚底下微弱的弹性。

树叶轻轻一动

让人想起

担当——已是

多么久远的事情了。

现象的良马

现象的鸟儿

是这首诗对语言的浪费给足了我自知。

我无人

可以对话，也无身子可以出汗。

我趴在墙上

像是用尽毕生力气才跑到了这一刻

2009 年 5 月

暴雨频来

暴雨无休止冲刷耳根
所幸我们的舌头
是干燥的
晚报上死者的名字是干燥的
灯笼是干燥的。
宿命论者正跨过教室外边的长廊
他坚信在某处
有一顶旧皇冠
始终为他空着
而他绝不至再一次戴上它

绝不至与偶尔搭车的酷吏为伴　不与狱卒为伴
不与僧人为伴
有几年我宁可弃塔远游
也不与深怀戒律者并行
于两场暴雨的间歇里。

我得感谢上苍，让我尽得寡言之欢。
我久久看着雨中的

教堂和精神病院

看着台阶上

两个戴眼镜的男子

抬着一根巨大圆木在雨中飞奔。

鞭出来历不明的人

是这场暴雨的责任

当这眼球上

一两片儿灰暗的云翳聚集

我知道无论一场雨下得多大

"丧失"——这根蜡烛

会准时点亮在我们心底

所幸它照出的脸

是干燥的

这张脸正摆脱此刻的假寐

将邀你一起

为晚报上唯恶的社会公器而哭

将等着你，你们

抬着巨大圆木扑入我的书房

取了我向无所惧的灯笼远去

2009 年 5 月

晚安，菊花

晚安，地底下仍醒着的人们。

当我看到电视上涌来

那么多祭祀的菊花

我立刻切断了电源——

去年此日，八万多人一下子埋进我的体内

如今我需要更多、更漫长的

一日三餐去消化你们

我深知这些火车站

铁塔

小桥

把妻子遗体绑在摩托车上的

丈夫们

乱石中只逃出了一只手的

小学生们

在湖心烧掉的白鹭，与这些白鹭构成奇特对应的

降落伞上的老兵们

形状不一的公墓

未完成的建筑们

终将溶化在我每天的小米粥里

我被迫在这小米粥中踱步

看着窗外

时刻都在抬高的湖面

我说晚安，湖面

另一个我在那边闪着臆想的白光

从体制中夺回失神的脸

我说晚安，

远未到时节的菊花。

像一根被切断电源的电线通向更隐秘的所在

在那里

我从未祈祷，也绝不相信超度

只对采集在手的事物

说声谢谢——

我深知是我亲手埋掉的你们

我深知随之而来的明日之稀

2009 年 5 月 12 日汶川地震一周年。

伐桦

砍掉第一根树枝。映在
临终前他突然瞪大的
眼球上。那些树枝。
那些树叶的万千图案。
我深知其未知，
因为我是一个丧父的人。
我的油灯因恪守誓言而长明

连同稀粥中的鬼脸。
餐桌上。倒向一边的蜡烛。
老掉牙的收音机里，
依然塞着一块砖。
我是一个在
细节上丧父的人。
我深知在万物之中，
什么是我。
我砍掉了第二根树枝和
树下的一个省。

昨天在哪里？

我有些焦躁。

我的死又在哪里？

为什么我

厌恶屋顶的避雷针。

我厌恶斧头如同

深知唯有斧头可以清算

我在人世的愚行。一切

合乎诗意的愚行。

2009 年 10 月 7 日父亲去世两个月记

十字架上的鸡冠

在乡下

我们是一群雷劈过的孩子

遗忘是醒目的天性。

从未有人记得，是谁来到我们的喉咙中

让我们鸣叫

任此叫声——浮起大清早无边的草垛。

而所有文学必将以公鸡作乡村的化身：

当词语在手上变硬

乡村列车也藉此，穿过我的乱发而来。

公鸡的叫声，在那颅骨里

在灯笼中

在旧的柏油马路上

鸣叫之上的隐喻，

点缀鸣叫之中的孤单。

倘我的喉咙，是所有喉咙中未曾磨损的一个。

从未有人记得，是谁在逼迫我

永记此鸣叫，

在我恒久沉默的桌面之上——
像记得那滋润着良知的
是病床之侧的泪水
而非冥想，或别的任何事物

永记那年，十字架上鸡冠像我父亲的脑溢血一样红。

2008 年 11 月

湖边

垂柳摁住我的肩膀，在湖边矮凳上
坐了整个下午。今年冬天，我像只被剥了皮的狗
没有同类。也没有异类。
没有喷嚏。也没有语言。

湖水裹着重症室里老父亲
昏聩的脑袋伏在我的膝上。我看见不是我的手
是来自对岸的一双手撑住他。
僵直的柳条，
垂下和解的宫殿。
医生和算命先生的话，
听上去多么像是忠告。
夜间两点多，母亲捧着剥掉的黄皮走来
要替代我到淤泥的走廊上，歇息一会儿

2008 年 12 月 24 日

老藤颂

候车室外。老藤垂下白花像

未剪的长发

正好覆盖了

轮椅上的老妇人

覆盖她瘪下去的嘴巴，

奶子，

眼眶，

她干净、老练的绣花鞋

和这场无人打扰的假寐

而我正沦为除我之外，所有人的牺牲品。

玻璃那一侧

旅行者拖着笨重的行李行走

有人焦躁地在看钟表

我想，他们绝不会认为玻璃这一侧奇异的安宁

这一侧我肢解语言的某种动力，

我对看上去毫不相干的两个词(譬如雪花和扇子)

　　　之间神秘关系不断追索的癖好

来源于他们。

来源于我与他们之间的隔离。

他们把这老妇人像一张轮椅

那样

制造出来，

他们把她虚构出来。

在这里。弥漫着纯白的安宁

在所有白花中她是

局部的白花耀眼，

一如当年我

在徐渭画下的老藤上

为两颗硕大的葡萄取名为"善有善报"和

"恶有恶报"时，觉得

一切终是那么分明

该干的事都干掉了

而这些该死的语言经验一无所用。

她罕见的苍白，她罕见的安宁

像几缕微风

吹拂着

葡萄中"含糖的神性"。

如果此刻她醒来，我会告诉她

我来源于你

我来源于你们

2010 年 6 月

箜篌颂

在旋转的光束上，在他们的舞步里
从我脑中一闪而去的是些什么

是我们久居的语言的宫殿？还是
别的什么，我记得一些断断续续的句子

我记得旧时的箜篌。年轻时
也曾以邀舞之名获得一两次仓促的性爱

而我至今不会跳舞，不会唱歌
我知道她们多么需要这样的瞬间

她们的美貌需要恒定的读者，她们的舞步
需要与之契合的缄默——

而此刻。除了记忆
除了勃拉姆斯像扎入眼球的粗大砂粒

还有一些别的什么?

不，不。什么都没有了

在这个唱和听已经割裂的时代

只有听，还依然需要一颗仁心

我多么喜欢这听的缄默

香樟树下，我远古的舌头只用来告别

2010 年 7 月

卷柏颂

当一群古柏蜷曲，摹写我们的终老。
懂得它的人驻扎在它昨天的垂直里，呼吸仍急促

短裙黑履的蝴蝶在叶上打盹。
仿佛我们曾年轻的歌喉正由云入泥

仅仅一小会儿。在这阴翳旁结中我们站立；
在这清流灌耳中我们站立——

而一边的寺顶倒映在我们脚底水洼里。
我们蹚过它：这永难填平的匮乏本身。

仅仅占据它一小会儿。从它的蜷曲中擦干
我们嘈杂生活里不可思议的泪水

没人知道真正的不幸来自哪里。仍恍在昨日，
当我们指着不远处说：瞧！

那在坝上一字排开，油锅鼎腾的小吃摊多美妙。

嘴里塞着橙子，两脚泥巴的孩子们，多么美妙

滑轮颂

我有个从未谋面的姑姑
不到八岁就死掉了

她毕生站在别人的门槛外唱歌，乞讨。
这毕生不足八岁，是啊，她那么小

那么爱笑
她毕生没穿过一双鞋子。

我见过那个时代的遗照：钢青色远空下，货架空空如也。
人们在地下嘴叼着手电筒，挖掘出狱的通道。

而她在地面上
那么小，又那么爱笑

死的时候吃饱了松树下潮湿的黏土
一双小手捂着脸

我也有双深藏多年的手

我也有一副长眠的喉咙：

在那个时代从未完工的通道里

在低低的，有金刚怒目的门槛上

在我体内的她能否从这人世的松树下

再次找到她自己？哦。她那么小，

我想送她一双新鞋子。

一双咯咯笑着从我中秋的胸膛蛮横穿过的滑轮

游九华山至牯牛降①一线

油菜花为何如此让人目眩？

按说

在一个已经丧父的诗人笔下

它应该是小片的、

分裂的，

甚至小到一个农妇有点脏的衣襟上。

从那里

从临近积水而断头的田埂

从她哺育的曲线上，吹过一阵接一阵令人崩溃的花粉

乡亲说，除了出狱者

祖辈们就埋在这地里。

名字只有一个，

生活仅存一种：

稀粥对稀粥的延续。

而尸骨上的油菜花为何如此让我们目眩？

细雨中

喧闹的旅游者鱼贯而入，

远处有黑色的载重货车驶过。

我呆立三小时，只为了看

一个偏执的僧侣在树下刺血写经

为了种种假托，我们沉疴在身。

此刻这假托仅限于

被春雨偶尔击落又

能被我们的语言所描述的花瓣——

哪怕只是一小瓣，它为何如此让人目眩？

而自九华山到牯牛降，

这假托只有一种：

在它玄学的油菜花下没埋过

一个出狱的人。

没埋过一个以出狱为荣耀的人。

甚至没埋过

一个对着铁窗外的白色浮云想像过监狱的人。

① 牯牛降为自然遗产保护区，位于安徽省祁门县和石台县交界处。

2011 年 4 月

与顾宇罗亮在菲比酒吧夜撰

摇滚乐中夹杂江南的丝竹。上帝不偏不倚

他掷骰子

而彩色的平民赌博

吧台小姐说：塑料酬码可抵万金

强悍舞步中自有过时的建筑。

当鼓点停止

飞出去的四肢又回到身体上。

顾宇双腿修长，

令罗亮不悦。

啊，怎么办？

大家一起来尝"闲暇"这块压抑的菠萝吧。

啤酒中拼起来的，

正是应我邀约而来的几张老脸。

吵什么呀。

谁没有过雪白的童年，

谁不曾芒鞋踏破？

整个晚上我穿过恍惚的灯光搜寻你们

你好吗，小巷的总统先生
你好吗，破袄中的刘皇叔

幸亏遗忘不曾挪动过。幸亏我
记得那里
并在其中度过平凡又享乐的四十年

2010 年 12 月

杏花公园①散步夜遇凌少石②

小路尽头立着老亭子

在林木蓊郁的深处，见栏杆剥漆

你推着病母的轮椅缓缓而出

亭子边，小贩子埋头在卖烤羊肉串

让我们猜猜这炉火后藏着什么。

瘫痪老母亲更容易听见羊的

唛哨声。

而这两个中年男人：一个老练的育种专家

一个诗人

并不指望羊烤熟了就能迎来某种

节制的觉醒——

他反复问我

你写下那么多诗句有什么用

"古典"在哪里？"现代性"又在哪里？

我只听见撕成碎片的羊在炭火上击掌大笑

好吧。让我们猜猜这大笑中她是谁。

在断桥上跟老友告别

我伸手到湖那边造出了新亭子

每次散步后，都要坐上几分钟。

这个早已谢顶的人

二十多年前？

是啊，乡村初中的同学

曾与我相约在文字狱中共度余生。

① 合肥市蜀山区的一座公园。

② 作者旧友。

2011 年 2 月

与吴少东杜绿绿①等聚于拉芳舍②

鹅卵石在傍晚的雨点中滚动。

多疑的天气让狗眼发红

它把鼻子抵上来

近乎哀求地看着嵌在玻璃中的我们

狗会担心我们在玻璃中溶化掉?

我们慢慢搅动勺子,向水中注入一种名叫

　　　"伴侣"的白色粉末,

以减轻杯子的苦味。

桌子上摆着幻觉的假花——

狗走进来,

一会儿嗅嗅这儿。一会儿嗅嗅那儿。

吴少东在电话另一头低低吼着。

杜绿绿躺在云端的机舱,跟医生热烈讨论着

　　　她的银质牙箍。

我们的孤立让彼此吃惊。惯于插科打诨或

神经质的大笑,

只为了证明

我们片刻未曾离开过这个世界。
我们从死过的地方又站了起来

这如同狗从一根绳子上
加入我们的生活。又被绳子固定在
一个假想敌的角色中。
遛狗的老头扭头呵斥了几声。
几排高大的冷杉静静地环绕着我们

不用怀疑，我们哪儿也去不了。
我们什么也做不成。
绳子终会烂在我们手中，而冷杉
将从淤泥中走出来
替代我们坐在那里，成为面目全非的另一代人。

① 均为合肥籍当代诗人。
② 咖啡馆名。位于合肥市芜湖路东段。

2011 年 6 月

捂腹奔赴自我的晚餐

让我们设想在每一条河中
在不同的时代跃出水面的鱼
　　　　有一个共同的敌人

而将它在平底锅上烤焦
是多么乏味的事啊。
这光洁的瓷盘中，我们曾烧死过布鲁诺①

让我们设想这条鱼游弋在我的每一首诗里。
写独裁者的诗
写寂静的边境修道院的诗
写一个黑人女歌手午夜穿过小巷被扼住喉咙的诗
写我父亲癌症手术后
　　　　踉跄着去小便的诗
写雨中的老花园的诗

我往它切开的腹中撒下盐
和古怪的花椒。

不再是一小把、一小把的泥土和噼噼啪啪的泡沫

而将剖开我腹部像扒开河面夺路而去的

又是怎样一个神经质的、

　　　疲倦不堪的孩子？

我说过死神也不能让我丧失语言。

谁能真正猜到一条

鱼在那火中的回忆——

它油腻腻的皮肉是本时代的文学，却不是我的。

我有一份破釜沉舟的晚餐：

正如此刻在沙发下打盹的猫

　　　和任何一片干涸的河床

曾经拒绝的那样

① （GiordanoBruno，1548－1600），意大利人，殉道者。因批判经院哲学
和反对地心说，1592 年被捕入狱，最后被宗教裁判所判为异端烧死在罗
马广场。

两僧传①

村东头有个七十多岁的哑巴老头
四处偷盗，然后去城里声色犬马

一天清晨
有个僧人跪在他的门口。头上全是露水

他说："你为什么拆掉我的庙呢？
我乞讨了四十一年，才建起它。

我从饿虎，变成榆树，再变成人，
才建起了它。

为了节省一口饭的钱，
我的胃里塞了几条河的砂子。

现在，
你杀掉我吧。"

哑巴老头看也没看他一眼，
又去城里寻欢作乐了

他再也不愿回到村里。今天他老病交加
奄奄一息睡在街头

僧人仍跪在空房子前。几个月了。
乡亲们东一口、西一口地救活着他。

"他们两个都快死了"
一个老亲戚在我的书房痛哭流涕

是啊。
可我早已失去救人、埋人的力气

我活着却早已不会加固自己。
我糊里糊涂的脸上在剥漆

漫长的夏季。我度日如年
我是我自己日渐衰老的玩偶

① 此诗献给我的曾祖母。她乞讨数十年在桐城县孔镇建起"迎水庵"。上世纪六十年代"文革"中被毁。

2011 年 7 月

麻雀金黄

——给蓝角、李三林

我嘴中含着一个即将爆破的国度。

谁的轻风？在吹着

这城市的偏街小巷

早晨的人们，冲掉马桶就来围着这一炉大火

又是谁的神秘配方

扒开胸腔后将一群群麻雀投入油锅

油锅果然是一首最古老的诗

没有什么能在它的酸液中复活

除了麻雀。它在沸腾的锅中将目睹一个新世界

在那里

官吏是金黄的，制度是金黄的，赤脚是金黄的。

老雀们被撒上盐仍忘不了说声谢谢

柳堤是金黄的

旷野是金黄的

小时候，我纵身跃上穿堂而过的电线

跟麻雀们呆呆地蹲在一起。

暴雨来了也不知躲闪。

我们默默数着油锅中噼噼啪啪的未来的词句

那些看不起病的麻雀。

煤气灯下通宵扎着鞋底的麻雀。

为了女儿上学，夜里去镇上卖血的麻雀。

被打断了腿在公园兜售气球的麻雀。

烤山芋的麻雀。

青筋凸起的养老金的麻雀。

每晚给不懂事的弟弟写信的妓女的麻雀。

霓虹灯下旋转的麻雀。

现在是一个国家的早晨了。

在油锅中仍紧紧捂着这封信的麻雀。

谁的轻风？吹着这一切。谁的静脉？①

邮差是金黄的。忘不了的一声谢谢是金黄的。早餐是金黄的

① 斯洛文尼亚诗人阿莱西·希德戈的句子。

2012 年 6 月

在暴雨中

我喜欢注视被暴雨击溃的
四处奔逃的人群

头顶公文包、缺少权谋的
底层官吏。双手紧扣着鱼鳃的小贩子

一手攥着红领巾、一手捂着胸的
女学生和她病虎一样的妈妈

我死去多年的老父亲
也突然现身在暴雨中

被铸成泥俑的秦汉士卒，塑成
蝴蝶的那些女人也愤怒地恢复原形

在银白又急遽的雨点中。广播播放各种警告
广播中住着将咖啡一饮而尽的闲人

我从窗帘后看去。也从镌刻为书页被摞入
柜子的旧版中看去——

当穹顶慢慢地合拢
那些年。那些人。那些四分五裂的脸

2013 年 4 月

失去的四两

"这世上，到底有没有火中莲、山头浪？"
褒禅山寺的老殿快塌了，而小和尚唇上毫毛尚浅

"今天我买的青菜重一斤二。
洗了洗，还剩下八两"

我们谈时局的危机、佛门的不幸和俗世的婚姻。
总觉得有令人窒息的东西在头顶悬着

"其实，那失去的四两，也可以炒着吃"
哦。我们无辜的绝望的语言耽于游戏——

"卖菜人两手空空下山去"。
似乎双方都有余力再造一个世界

当然，炒菜的铲子也可重建大殿。我们浑身都是缺口。
浑身都是伏虎的伤痕

2013 年 5 月

自嘲帖

淤泥在夜间直立起来，而
上面镌刻的名字我们并不认识

这是否证明每一个活着的人，都是他与死者的
合体，而这发现将是一种新的伦理？

哦傍晚。五十个男人叼着烟散步，我听见
死掉的人混迹其中

他们嘴里塞着落叶。舌下埋着不一样的氧气。
夸张的新衣服创造了夸张的身体

这是否证明我们需要更多氧气，或者
我根本没有能力将这首诗写完？

这真叫人沮丧
自古状物都叫人沮丧

空中浮着回忆的碎木屑
我的嗓子卡在不可知里

像错觉的湖面把这张中年的脸切成两半
对称将伤害第三者

这是否证明每一首诗都不能偏离裂变的哲学，而
我却叫不出另一半？

唯有这一个拥有刀片般的自嘲
是同时照亮两张脸的灼热灯芯

2012 年 2 月

不可说九章(组诗)

早春

风在空房子的墙上找到一株
未完成的牡丹
并
久久吹拂着她

有一个母亲
轻手轻脚地烧早餐
窗外
雨点稀疏
荷花仍在枯荷中

街头即绘

那令槐花开放的
也必令梨花开放

让一个盲丐止步的

却绝不会让一个警察止步

道一声精准多么难
虽然盲丐
在街头
会遭遇太多的蔑称
而警察在这个国度，却拥有
深渊般的权力

他们寂静而
醒目
在灰蒙蒙的街道之间

正午
花香涌向何处不可知
悬崖将崩于谁手不可知

渺茫的本体

每一个缄默物体等着我们
剥离出幽闭其中的呼救声
湖水说不
遂有涟漪

这远非一个假设：当我

跑步至湖边

湖水刚刚形成

当我攀至山顶，在磨得

皮开肉绽的鞋底

六和塔刚刚建成

在塔顶闲坐了几分钟

直射的光线让人恍惚

这恍惚不可说

这一眼望去的水浊舟孤不可说

这一身迟来的大汗不可说

这芭蕉叶上的

漫长空白不可说

我的出现

像宁静江面突然伸出一只手

摇几下就

永远地消失了

这只手不可说

这由即兴物象强制压缩而成的

诗的身体不可说

一切语言尽可废去，在

语言的无限弹性把我的

无数具身体从这一瞬间打捞出来的

生死两茫茫不可说

形迹之间

穿大红棉袄的四、五岁小女孩

骑在残缺的佛头上

咿咿呀呀唱着歌

毫不理会我的旁观

暮色中

这两个形象

像在搏斗

又像相互哀求着在交融

我们如何才能爱上这

不同形状的同一块泥巴？

这原生物

这貌似斑斓的

单细胞

这懵懂难分的一棍子

小女孩终会脱掉

红棉袄，佛也会挣脱石头

一前一后

世上的荒芜
总也不够而
小女孩吃糖的暖流撞击我
想一想我们的栖身，曾那么
不安
从我们眼睛中分离出来的
眼睛，又这么多
飞鸟的眼睛
寒风过梢时
唿哨的眼睛
此刻正漫过我头顶的
湖水的眼睛
每一只眼睛

大河澎湃

银白的鱼从河中
一跃而起
如果角度倾斜，我们看见河是直立的
这条鱼和它紧密的墙体
突然被撕裂了

有一次我在枯草中滚动

倒立的一刹我陡然看见

鱼在下

浑黄浩荡的大河从这个

晶莹又柔弱的

支点上

一跃而起

涌向终点

一个不可能的终点

对立与言说

死者在书架上

分享着我们的记忆、对立和言说

那些花

飘落于眼前

死者中有

不甘心的死者，落花有逆时序的飘零

我常想，生于大海之侧的沃尔科特为何与

宽不盈丈的泥砾河畔诗人遭遇一样的精神危机

而遥距千年的李商隐又为何
跟我陷入同结构的南柯一梦

我的句子在书架上
越来越不顺从那些摧残性的阅读

不可知的落花
不可说的眼前

林间小饮

今日无疾

无腿

无耳

无身体

无汗

无惊坐起

初春闷热三尺

案牍消于无形

未按计划绕湖三匝

今日无湖水

无柳

母亲仍住乡下

未致电相互问候

请允许此生仅今日无母亲

杜鹃快开了吧

但今日

无山

无忆

举目无亡灵

去林中

无酒

我向不擅饮

想着天灵盖

却无断喝

何谓断喝？

风起

风不可说

以头击地

仿佛同时接到一份密令

广场上数百人突然

停下，然后一起凶猛地跺着脚

一声不吭又

僵尸般一致

汹涌的闷浪让四边建筑瞬间变形

这是一个

冬夜

枯叶贴地而舞像无头的群鸟

我忽然想，如果是

以头击地呢？

数百人一起以头击地

这么重的浮世

有这么多的铜像和锈蚀的

灯柱

这是不是个奇幻的

梦境？而我记得我的羞愧

我的脚上

母亲的棉鞋底厚达千层

无法响应这举世的铿锵

那年我从安徽乡村

踏入上海

二十出头，是刚刚

挣脱绞索的新人

湖心亭

老柳树披头散发

树干粗糙如

遗骸

而飞蠓呢，它们是新鲜的

还是苍老的？

飞蠓一生只活几秒钟

但飞蠓中也有千锤百炼的思想家

也攻城掠地

筑起讲经堂

飞蠓中的诗人也无限缓慢地

铺开一张白纸

描述此刻的湖水

此刻的我

在它们的遗忘深处

堆积着我们不知道的东西
它们悠长的
睡梦中
早春造型的冲动
也一样起源于风?

在这个充满回声、反光
与抵制的
世界上

这几秒越磨越亮
它们的湖心亭
我的湖水

2016 年 3 月

裂隙九章(组诗)

不可多得的容器

我书房中的容器
都是空的
几个小钵，以前种过水仙花
有过璀璨片刻
但它们统统被清空了
我在书房不舍昼夜的写作
跟这种空
有什么样关系？
精研眼前的事物和那
不可见的恒河水
总是貌似刁钻、晦涩——
难以作答。
我的写作和这窗缝中逼过来的
碧云天，有什么样关系？
多数时刻
我一无所系地抵案而眠

二者之间

清晨环绕着我房子的
有两件东西
斑鸠和杨柳

我写作时
雕琢的斑鸠，宣泄的杨柳
我喝茶时
注满的斑鸠，掏空的杨柳
我失眠中
焦灼的斑鸠，神经的杨柳
我冥想时
对立的斑鸠，和解的杨柳

我动一动，斑鸠丢失
我停下
杨柳又来
视觉的信任在触觉中加固着
这点点滴滴
又几人懂得？
我最想捕获的是

杨柳的斑鸠，斑鸠的杨柳

只是我的心

沉得不够深

不足将此般景象呈现出来

但两者的缝隙

正容我身

我在这分裂中又一次醒来

其身如一

从多义性泥泞上挣脱而出，

如今我敢于置身单一之中。

单一的游动，

没有蛇。

单一耸动的嗅觉，

无须花香。

单一光线中的蝇眼紧盯着

玻璃被洞穿时状态的虚无

我驻足于它的

一无所见。

单一的味觉掀翻了

压在舌尖上的

每一垄菜地，

无须那么多的名字。

春枝繁茂，

湖心一亭，

我坐等它的枯竭。

我坐等每一次的我

在它每一种结构中的

枯竭。

我未曾顺着一根新枝

到达过它的尽头

我未曾料到这

单一中的

枯竭，要成为我的源泉

来自裂隙的光线

看窗前葵花

那锯齿状的

影子

晃来晃去

最难捱的危机莫过于

找不到一个词

把它放在

不可更改的位置上

多少假象如此影临窗

活着，是随手一掷的

骰子

我们只有语言这一束光

不可能穷尽它的八面

推窗看见比葵花

更远的

碧岩，巨眼。

小溪水、苦楝树比我们

苍老亿万倍却鲜嫩如上一秒

刚刚诞生

活着，磨损

再磨损

我们的虚弱在自然界居然找不到

一丁点的对称

葵花状如世界之裂隙

多少谬误清静地漫积于

窗台之上

我们像一个词

被写出来了
我们的形象被投射
在此窗下
但万物暗黑如岩呀，只有人在语言中的
屈辱是光线

黄鹂

用漫天大火焚烧冬末的
旷野
让那些毁不掉的东西出现

这是农民再造世界的经验，也是
梵高的空空妙手
他坐在余烬中画下晨星
懂得极度饥饿之时，星空才会旋转

而僵硬的死讯之侧
草木的弹性正恢复
另有一物懂得，极度饥饿之时
钻石才会出现裂隙
它才能脱身而出

她鹅黄地、无限稚嫩地扑出来了

她站不稳

哦，欢迎黄鹂来到这个

尖锐又愚蠢至极的世界

云端片刻

总找不到自体的裂隙

以便容纳

欲望中来历不明的颤动。

直到一天夜里

裸身从卧室出来

穿过门口穿衣镜

一束探照灯的强光从窗外

突然斜插在我和

镜子之间

我瞬间被一劈为二

对着光柱那边的自己恍惚了几秒

这恍惚也被

一劈为二

回到燥热的床上，我想

镜中那个我仍将寄居在

那里

折磨、自足

无限缓慢地趋淡——

那就请他，在虚无中

再坚持一会儿

岁聿其逝

防波堤上一棵柳树

陷在数不清的柳树之中

绕湖跑步的女孩

正一棵棵穿过

她跑得太快了

一次次冲破自己的躯壳

而湖上

白鹭很慢

在女孩与白鹭的裂隙里

下夜班的护士正走下

红色出租车

一年将尽

白鹭取走它在世间的一切

紧贴着水面正安静地离去

尘埃中的震动

在这颗星球上我小心地

挪动每一步

最微末尘埃上的震动

都会溢入另一种生活

我们的身体，并不比

枯叶下的蟋蟀更精巧

我们对孤独的吟唱，也远不如

蟋蟀的动听

此刻我坐在桌前

在扑面的强光中眯着眼

我看到父亲在废墙头的

梯子上

挥动着剪枝的大剪刀

他死去七年了

他该走了

他的沉闷，他老来仍然蓬勃的羞怯

该由蟋蟀用另一种语言

重新表达了

天赋鸟鸣

紧贴雨后的灌木
听见鸟鸣在平滑的
听觉上砸出
一个个小洞
乌鸫的小洞，黑尾雀的小洞和
那些无名的
粗糙的小洞
耳朵在修补裂隙中尽显天赋！

每一株灌木中都有
一只耳朵
微妙地呼应着我们
在喉咙中搅拌的这泥和水
我试图喊出
一些亡者名字
我只有听觉的美妙世界
平衡着冷战以来的废墟

难道让我去重弹那崩坏的琴？
我全身的器官

都浪费掉了

只剩下耳朵来消化

排山倒海的挫败感

一把搂过来这看不到边的雨中

灌木

再无力提起

早在雨水中烂掉的笔

一把搂过来这剥了皮的宁静

鸟鸣中的这个我

终于来了——但我不可能

第二次盲目返回这个世界

2016 年 1 月

自然集

李少君

抒怀

树下，我们谈起各自的理想
你说你要为山立传，为水写史

我呢，只想拍一套云的写真集
画一幅窗口的风景画
  （间以一两声鸟鸣）
以及一帧家中小女的素描

当然，她一定要站在院子里的木瓜树下

碧玉

国家一大，就有回旋的余地
你一小，就可以握在手中慢慢地玩味
什么是温软如玉啊
他在国家和你之间游刃有余

一会儿是家国事大
一会儿是儿女情长
焦头烂额时，你是一帖他贴在胸口的清凉剂
安宁无事时，你是他缠绵心头的一段柔肠

那些伟大的高峰

博格达峰、乔戈里峰

托木尔峰，汗腾格尔峰

还有慕士塔格峰，友谊峰

……

我和新疆的朋友们谈起这些伟大的高峰

总是肃然起敬，无法抑制激动

他们却只是淡淡地，仿佛

是谈论他们的某位亲戚或朋友

他们熟悉得可以随口说起，娓娓道来

确实，在乌鲁木齐

我推开窗户，就看到了

在阳光下闪耀着的博格达峰

草原上的醉汉

草原上野花烂漫，酒瓶满地
醉汉骑在马上，东摇西晃
但就是掉不下来

传说人醉后灵魂会出窍
相比身体，灵魂走得有时快有时慢
所以醉汉一会往东一会往西
追寻着自己的灵魂，生怕丢了

草原上的醉汉不会迷路
忠诚的马会把他带回家

听蒙古长调

昨日，在和布克赛尔
我听到一曲美妙绝伦的蒙古长调
女歌手的声音云雀一般清越高远
直抵云霄，擦亮流云
又在云间缭绕盘旋
最终不知栖落何处

今天，在阿勒泰的湖滨旅馆
我又听到了昨日的余音袅袅
原来，那撩人心弦的长调
翻越了阿尔泰山
落向了喀纳斯湖

我总是遇见苏东坡

我总是遇见苏东坡
在杭州，在惠州，在眉州，在儋州
天涯孤旅途中，我们曾相互慰藉
这次，在黄州，赤壁之下，你我月夜泛舟高歌

"你们前世肯定是经常一起喝酒的兄弟伙"
是的，我喜欢听这样的说法，你我很多相似
皆酒量平平，但嗜酒，其实是嗜醉，佯狂
这也许是乱世最好的逃避之道，酒可破愁散怀

你还谙熟相对论，这也是心灵的物理学
自其变者观之，万物不过一瞬
自其不变者观之，你我这样的兄弟可以饮同一场酒
你曾凭此躲过了迫害、抑郁抑或癫狂的可能

相遇终有一别，东坡兄，我们就此别过
长江边，芦草地，浮云和浮云亦曾邂逅
流水和流水亦也曾亲密无间
远方，甚至唯有更远，才是最终的方向

街景

小女孩跌跌撞撞往前一路小跑
母亲大包小包在后面一路追赶

慢点，别摔了
母亲声音小而惊慌
小女孩嘻嘻哈哈，不听，继续跑
丢东西了，别跑了！
母亲加快了步伐
小女孩看母亲追不上自己，高兴坏了，还在跑
丢钱包了！
母亲又补充了一句

我看了一眼
母亲自己也还是一个小女人
母亲比小女孩还要害羞

过临海再遇晚秋

当此寒风萧瑟一季，若北人南下
必再度遭遇晚秋、江南、落英和迟桂花
香气氤氲，易使灵魂散佚，情陷太深
落叶金黄，让人目迷眼花，不辨身世
远处，田野里还摇曳着数株晚熟的麦穗
窗口，满树桔子点染秋色
古城墙头，藤缠的旧钟高挂
早晚霜打过的枫叶更红……

倘使还有黄酒、蟹黄佐秋菊款待
我这贪婪的诗意的寻芳客
定将狠狠地榨取美的最后的剩余价值

二十四桥明月夜

一个人站在一座桥上发短信
另一座桥上也有一个人在发短信
一座桥可以看见另一座桥

夜色中伫立桥上发短信的人儿啊
显得如此娇嫩、柔弱
仿佛不禁春风的轻轻一吹

春

白鹭站在牛背上
牛站在水田里
水田横卧在四面草坡中
草坡的背后
是簇拥的杂草，低低的蓝天
和远处此起彼伏的一大群青山

这些，就整个地构成了一个春天

四合院

一座四合院，浮在秋天的花影里
夜晚，桂花香会沁入熟睡者的梦乡
周围，全是熟悉的亲人
——父亲、母亲、姐姐、妹妹
都在静静的安睡

那曾经是我作为一个游子
漂泊在异乡时最大的梦想

可能性

在香榭里大街的长椅上我曾经想过
我一直等下去
会不会等来我的爱人

如今，在故乡的一棵树下我还在想
也许在树下等来爱人的
可能性要大一些

江边小店

山城有些冷，在寒风中
连穿城而过的江水
也流得滞缓了许多

这是冬天，街头萧条
早晨还在营业的小餐厅只有一家
我走进去时，满地麻雀惊散
争先恐后往外逃命

原来，它们也是前来觅食
在桌上、地上、灶台边低头寻觅
主人也懒得驱赶，在一旁包小笼包
一只大花猫躲在角落里取暖

来一碗热面条！我坐定，安静了片刻
麻雀们瞅瞅没什么危险
又全都飞回来了
冷清的小店里平添了几分热闹

暴风雪之夜

那一夜，暴风雪像狼一样在林子里逡巡

呼啸声到处肆虐

树木纷纷倒下，无声无息

像一部默片上演

我们铺开白餐巾，正襟危坐

在厨房里不慌不忙地吃晚餐

而神在空中窥视

只有孩子，跑到窗户边去谛听

南山吟

我在一棵菩提树下打坐
看见山，看见天，看见海
看见绿，看见白，看见蓝
全在一个大境界里

坐到寂静的深处，我抬头看对面
看见一朵白云，从天空缓缓降落
云影投在山头，一阵风来
又飘忽到了海面上
等我稍事默想，睁开眼睛
恍惚间又看见，白云从海面冉冉升起
正飘向山顶

如此——循环往复，仿佛轮回的灵魂

山中

木瓜、芭蕉、槟榔树
一道矮墙围住
就是山中的寻常人家

我沿旧公路走到此处
正好敲门讨一口水喝

门扉紧闭，却有一枝三角梅
探头出来，恬淡而亲切
笑吟吟如乡间少妇

同学

他是同学中的弱者，读书时
总是紧紧跟在我后面，我只要一转身
他就可能遭人取笑或欺负
每次我撇开他单独行动时
他总是眼巴巴地看着我远去

二十年过去，听说他仍是社会中的弱者
出差时我顺便去看他
在一家公司的三层楼上
他将自己深深地埋在办公桌里
不时有人过来给他发指示
他就唯唯诺诺频频点头

我要走时，他死死抓住我的手
执意要把我送到楼下
并摸出一些散票要给我付车费
我拦住他，塞了些钱到他手中
说没给侄子买礼物权当红包吧

我上了车，开出很远

回头看到他还眼巴巴地站在原地

雾的形状

雾是有形状的
看得见摸得着的

雾浮在树上，就凝结成树的形状
雾飘散在山间小道上，就拉长成一条带状
雾徘徊在水上，就是水蒸汽的模样
雾若笼罩山顶，就呈现出塔样的结构
雾是有形状的
是看得见摸得着的

唯有心里的雾啊
是隐隐约约朦朦胧胧的
是谁也不知道它是什么样的形状的
它盘踞在心里，就终年不散
沁凉沁凉的，打湿着一个人的身与心

如果我们硬要说它像什么形状
我们只能说它像谜的形状

潇湘夜雨

回到故乡，街道是新的
开出租车的司机居然不会讲当地话
大楼是新的，旋转门也是新家伙
进进出出花枝招展的女孩一看就是新来的
超市的油漆还未干，散发着呛人的气味
二楼的星巴克也是新搬来的
服务员装模作样的服装很新奇

还好，到了夜晚，坐在家里
我打开窗户，听了一夜雨声——
只有这个是熟悉的
这淅淅沥沥下了一整夜的雨啊
就是著名的潇湘夜雨

夜晚，一个人的海湾

当我君临这个海湾

我感到：我是王

我独自拥有这片海湾

它隐身于狭长的凹角

三面群山，一面是一泓海水

    ——浩渺无垠，通向天际

众鸟在海面翱翔

众树在山头舞蹈

风如彩旗舒卷，不时招展飞扬

草亦有声，如欢呼喝彩

海浪一波一波涌来，似交响乐奏响

星光璀璨，整个天空为我秘密加冕

我感到：整个大海将成为我的广阔舞台

壮丽恢宏的人生大戏即将上演——

为我徐徐拉开绚丽如日出的一幕

而此时，周围已经清场

所有的灯光也已调暗
等待帷幕被掀起的刹那
世界被隔在了后面
世界在我的后面，如静默无声的观众

自白

我自愿成为一位殖民地的居民
定居在青草的殖民地
山与水的殖民地
花与芬芳的殖民地
甚至，在月光的殖民地
在笛声和风的殖民地……

但是，我会日复一日自我修炼
最终做一个内心的国王
一个灵魂的自治者

安静

临近黄昏的静寂时刻

街边，落叶在轻风中打着卷

秋风温柔地抚摸着每一张面孔

油污的摩托车修理铺前

树下，一位青年工人坐在小凳上发短信

一条狗静静地趴在他脚边

全世界，都为他安静下来了

她们

清早起来就铺桌叠布的阿娇
是一个慵懒瘦高的女孩
她的小乳房在宽松的服务衫里
自然而随意地晃荡着

坐在收银台前睡眼蒙眬的小玉
她白衬衫中间的两粒纽扣没有扣好
于是隐隐约约露出些洁白的肉体
让人心动遐想但还不至于起歪心

这些懵懵懂懂的女孩子啊
她们浑然不知自己的美
但她们模糊地意识到自己的弱
晚上从不一个人出门上街
总是三三两两，勾肩搭背
在城市的夜色中显得单薄

自由

春风没有禁忌
从河南吹到河北

鸟儿没有籍贯
在山东山西之间任意飞行

溪流从不隔阂
从广西流到广东

鱼儿毫无生疏
在湖南湖北随便来回串门

人心却有界限
邻居和邻居之间
也要筑起栅栏、篱笆和高墙

没有西西不好玩

她一直在西西家的楼下走来走去
妈妈在一旁看着她
她急躁不安，嘟着嘴嘀嘀咕咕
说不好玩，说西西不出来
就一点都不好玩……
妈妈说那你叫她下来呀
她抬口看了看西西家高高的窗户
忸忸怩怩不好意思开口
就一直和自己别扭着

她真是喜欢和西西在一起玩啊
她一看见她，就会安静下来
当然，也有可能更疯

一个戒烟主义者的忠告

作为一个戒烟主义者，我一直奇怪

为什么那么多的女孩喜欢吸烟

于是我发了四条短信探询

第一个是女记者，她回复说：

先是好奇，后来就依赖了

第二个是80后美女作家，她称：

不开心，有一段时间，就抽上了

第三个是女艺术家，她犹豫了很久

回答：很难说清楚，跟问为何喝酒一样

或许还有为何唱歌，为何恋爱

第四个是女权主义者，直截了当：

下意识以及神经质……

关于女孩为什么喜欢吸烟的问题

我承认到现在还没有整明白

但作为一个戒烟主义者

我向她们善意忠告：为什么不试试多接吻呢？

一个戒烟主义者的忠告(续)

依例此诗谨遵网络互动文本规则

所有荣誉归于网友

一切缺陷其咎在我

———题记

《一个戒烟主义的忠告》在网上贴出后

因主张少吸烟多接吻的敏感内容

引来大量妙不可言的跟帖

网友苏苏认为:

吸烟对不同的人可能意味着:

逃避,解脱,放纵,缓冲,作秀……

网易博友128回复:

抽不抽烟,一个人说了算

接不接吻,还要另一个人的配合才行啊

网友紫衣则说:

抽烟的女人与接吻的女人

一种是在呼吸间把自己麻痹
一种是在唇齿间享受生活
网易博友 247 称：
抽烟伤身，接吻伤心
空虚的，最后确实只有爱才能填满了
可是，爱这东西啊……

网友点燃了红烛跟帖：
迷恋烟雾的朦胧和凄美
我想，有烟瘾的女子
必然是个有故事的女子吧

网友 κīζζ 感慨：
因为寂寞才抽烟，可是到最后
却因为抽烟而感到更加寂寞……

上海短期生活

在尚湖边喝茶，看白鸟悠悠下
到兴福禅寺听钟声，任松子掉落衣裳里
在虞山下的小旅馆里安静地入睡……
一度是我上海短期生活的周末保留节目
和作为一个中产阶级的时尚品牌

美好的时光总是短暂得来不及回味
公路像毛细血管一样迅速铺张
纵横交错地贯穿在长江三角洲
沪常路上，车厢里此起彼落的
是甲醇多少钱一吨
我要再加一个集装箱的货等等
语气急促、焦躁，间以沮丧、疲惫

后来遇到了她
我是悠闲的，让她产生了焦虑
感到了自己生活的非正常
她的焦灼干扰着我

让我也无法悠闲下去

成了一个在长江三角洲东奔西窜的推销员

异乡人

上海深冬的旅馆外
街头零星响起的鞭炮声
窗外沾着薄雪的瘦树枝
窗里来回踱步的异乡人

越夜的都市越显得寂寥
这不知来自何处的异乡人啊
他在窄小的屋子里的徘徊
有着怎样的一波三折
直到他痛下决心,迈出迟疑的一步

小酒馆里昏黄的灯火
足以安慰一个异乡人的孤独
小酒馆里喧哗的猜拳酒令
也足以填补一个异乡人的寂寞

撞车

当汽车驰过

金属野兽的轰隆声低沉而浑浊

它大马力的冲击无人可挡

没有肉身能抗住它的轻轻一撞

车撞上狗的一瞬

我身体一缩，心里一紧

疼痛如墨汁在宣纸上渗延

紧急刹车，也无法避免这一切

就像无数次

车替人承受了一撞

车被撞上时的那种心痛

也是一样的，也是承受一种死亡

一种无法躲避的命运

人安然无恙，车却满身伤痕

我又看到了车祸

人倒在地上，鲜血像是染在了衣袖上

那触目惊心的红

真的发生了，反而显得不真实

时间静止，仿佛电视剧拍摄的中场

自行车像是一个摆设的道具

那辆汽车也似乎若无其事

只有那个人，慢慢地瘫软

最后四肢朝天

并不是所有的海……

并不是所有的海
都像想象的那么美丽
我见过的大部分的海
都只有浑浊的海水、污秽的烂泥
　一两艘破旧的小船、废弃的渔网
垃圾、避孕套、黑塑料袋遍地皆是
和我们司空见惯的尘世毫无区别
和陆地上大部分的地方没有什么两样

但这并不妨碍我
　只要有可能，我仍然愿意坐在海滩边
凝思默想，固执守候
直到，夜色降临、凉意渐起
直到，人声渐稀、潮声渐小
直到，一轮明月像平时一样升起
　一样大，一样圆
　一样光芒四射
照亮着这亘古如斯的安静的人间

花坛里的花工

夏日正午，坐在小汽车凉爽空调里的男子
在等候红绿灯的同时也悠然欣赏着外面的街景
行人稀少，店铺空洞，车流也不再忙乱
那埋身于街边花坛里的花工更俨然一幅风景
鲜艳的花草在风中摇曳，美而招摇
花丛里的花工动作缓慢，有条不紊
花工的脸深藏于花丛中，人与花仿佛融在了一起

而花工始终将头低着
深深地藏在草帽里面
他要抵御当头烈日的烘烤
他还要忍受背后淋漓的大汗
一阵一阵地流淌

神降临的小站

三五间小木屋
　　泼溅出一两点灯火
我小如一只蚂蚁
今夜滞留在呼伦贝尔大草原中央
　　的一个无名小站
独自承受凛冽孤独但内心安宁

背后，站着猛虎般严酷的初冬寒夜
再背后，横着一条清晰而空旷的马路
再背后，是缓缓流淌的额尔古纳河
　　在黑暗中它亮如一道白光
再背后，是一望无际的简洁的白桦林
　　和枯寂明净的苍茫荒野
再背后，是低空静静闪烁的星星
　　和蓝绒绒的温柔的夜幕

再背后，是神居住的广大的北方

河流与村庄

一条大河
是由河流与村庄组成的

一个村庄
是一条大河最小的一个口岸
河流流到这里
要弯一下，短暂地停留
并生产出一些故事

杏花村、桃花村、榆树村
李家庄、张家庄、肖家庄
牛头村、马背村、鸡冠村
又在河边延伸出
一个个码头、酒楼与小店铺
酝酿着不一样的掌故、趣闻与个性

然后，
由大河，把这些都带到了远方

并在远方，以及更远方

传散开来

某苏南小镇

在大都市与大都市之间

一个由鸟鸣和溪流统一的王国

油菜花是这里主要的居民

蚱蜢和蝴蝶是这里永久的国王和王后

深沉的安静是这里古老的基调

这里的静寂静寂到能听见蟋蟀在风中的颤音

这里的汽车像马车一样稀少

但山坡和田野之间的平缓地带

也曾有过惨烈的历史时刻

那天清晨青草被斩首，树木被割头

惊愕的上午，持续多年的惯常平静因此打破

浓烈呛人的植物死亡气味经久不散

这在植物界被称为史上最黑暗时期的"暴戮事件"

人类却轻描淡写为"修剪行动"

夜行

我们这一列深夜出行的队伍
坐在雪橇上，像一支黑暗中秘密行动的小分队
向着灯火依稀的小镇出发

马蹄声声，敲击着冰冻的路面
仿佛队列行进的古老的节奏
马打着响鼻，呼出的热气在寒冷中迅即蒸发

马有的快，有的慢
快的马碰到前面的雪橇，就自行刹住
马背上的毛沾着细碎的雪屑
在昏暗的马灯下晶莹闪亮

天空是鹰的帝国，此时沉寂
但安静中积蓄着一种爆发力
果然，蓦地一只黑鹰不知从何处射出
姿势优美有力，似乎被派来和我们抢速度

地下到处是冻硬的马粪

我相信如果捡起来掷出去

它的力量一定硬过石头

在古代这肯定是最好的冷兵器

但这刻我们忍受寒冷的能力已接近极限

我们全都袖着手缩着头，比赛着沉默

无心周边的景物，没有了任何争胜之心

我们急切地期盼的只是

尽快赶到最近的一户人家的炉火旁

鄱阳湖边

丘陵地带，山低云低
更低的是河里的一条船

丘陵密布的地带
青草绵延，细细涓流
像毛细血管蜿蜒迂回
在草丛中衍生
房子嵌在其间如积木
人在地上行走小成一个黑点

偶尔，一只白鹤从原野缓缓上升
把天空无限拉长铺开
人不可能高过它，一只鹤的高度
人永远无法上升到天空

我头枕船板，随波浪起伏
两岸青山随之俯仰

山中小雨迷谁人

山中的小街，总是飘着一些小雨
像电影里那样冷清寂寥
像小说的描述，诡异神秘
像传说中那样，只有七八家小店
四五个铺面，却隐居了三位侠客
两个高人，和一个隐名埋姓的
曾经的汪洋大盗

像所有的故事里的核心
这里还有一位貌美如花的年轻老板娘
她不知犯下了怎样的滔天大罪抑或
遭遇了怎样的惊险变故
来到了此地，甘于寂寞
大部分的情节
就围绕着她戏剧性地演绎

我是一个到此地短暂居住的过客
我也心中暗恋她的美丽

但我从未想过成为男主角
始终只是一个旁观者和局外人
看那些好汉为她绞尽脑汁使尽手段
直到有一天，我带走了她
彻底离开了此地，消失在人海之中

在关于此事的各种版本中
只有我的形象是固定不变的：
一个被山中小雨迷住的诗人
一个在山中小雨里迷茫的诗人

仲夏

仲夏，平静的林子里暗藏着不平静
树下呈现了一幕蜘蛛的日常生活情节

先是一长串蛛丝从树上自然垂落
悬挂在绿叶和青草丛中
蜘蛛吊在上面，享受着这在风中悠闲摇晃的自在
聆听从左边跳到右边的鸟啼

临近正午，蜘蛛可能饿了，开始结网
很快地，一张蛛网织在了树枝之间
蜘蛛趴伏一角，静候猎物出现
惊心动魄的捕杀往往在瞬间完成
漫不经心误撞入网的小飞虫
一秒钟前还是自由潇洒的飞行员呢
就这样不明不白地成了蜘蛛的美味午餐

前者不费心机
后者费尽心机
但皆成自然

朝圣

一条小路通向海边寺庙
一群鸟儿最后皈依于白云深处

隐居

晨起三件事：
推窗纳鸟鸣，浇花闻芳香
庭前洒水扫落叶

然后，穿越青草地去买菜
归来小亭读闲书

间以，洗衣以作休闲
打坐以作调息
旁看娇妻小烹调

夜晚，井边沐浴以净身
园中小立仰看月

中秋

梦中，从故乡大宅深处传来的一声呼唤
惊醒了远在异乡小旅馆里的我
哦，又是中秋了，天气已凉
秋风迢递，沿着故乡大宅前的那条青石板路
走了很远，很久，才走到小旅馆的窗前
蛰伏心间的陈年往事——苏醒：
明月、流水、树影、花魂，还有风中站立的
穿蓝花布衫、垂小辫的邻家小妹……

——桂花冰糖莲蓉的月饼
是我的最爱

春夜的辩证法

每临春天，万物在蓬勃生长的同时
也在悄悄地扬弃掉落一些细小琐碎之物
比如飞絮，比如青果
这些大都发生在春夜，如此零星散乱
只有细心的人才会聆听
只有孤独的人才会对此冥思苦想

玉蟾宫前

一道水槽横在半空
清水自然分流到每一亩水田
牛在山坡吃草，鸡在田间啄食
蝴蝶在杜鹃花前流连翩跹
桃花刚刚开过，花瓣已落
枝头结出一个又一个小果

山下零散的几间房子
大门都敞开着，干干净净
春风穿越着每一家每一户
家家门口贴着"福"字

在这里我没有看到人
却看到了道德，蕴涵在万物之中
让它们自洽自足，自成秩序

落叶之美

落叶有一种说不出的美

它落在车上，有一种装点之美
它落在泥地上，有一种哀怜之美
它落在草上，有一种映照之美
它落在溪水上，有一种飘零之美

如果，只是一片落叶
落在了一块石头上呢？

青海的草原上

连绵不绝的清风啊

　　吹拂着连绵不绝的白云

连绵不绝的白云啊

　　追逐着连绵不绝的羊群

连绵不绝的羊群啊

　　寻觅着连绵不绝的歌声……

整个草原上，只放牧着一个孤独的牧羊人

老女人

春天一来，男人就像一条狗一样冲出去
吃了壮阳药一样冲出去
趴在别的女人身上喘气、喊叫
深夜，又像一条狗一样回来
软塌塌的，倒在床上就鼾声响起

老狗刚回来，小狗又急吼吼地冲出去

她坐在黑暗中，像巫婆一样
洞穿一切，一言不发

流水

每次，她让我摸摸乳房就走了
我在我手上散发的她的体香中
迷离恍惚，并且回味荡漾
我们很长时间才见一次面
一见面她就使劲掐我
让我对生活还保持着感觉
知道还有痛，还有伤心
她带我去酒吧，在包厢里
我唱歌，她跳艳舞
然后用手机拍下艳照再删除
我们最强烈的一次发作是去深山中
远离尘世，隔绝人间
我们差点想留下来不走了
可是她不肯跟我做爱
只让我看她的赤身裸体，百媚千娇
她让我摸摸她的乳房就抽身而去
随后她会发来大量短信：
"亲爱的，开心点，我喜欢你笑"

"这次心情不好，下次好好补偿你"

"我会想你的，再见!"

我承认我一直没琢磨透她

她孤身一人在外，却又守身如玉

这让我为她担心，甚至因此得了轻度抑郁症

而她仍笑靥如花，直到有一天

她乘地铁出门，将自己沉入水底

随流水远去，让我再也找她不到

在纽约

在大都市，摩天大楼才是主体
楼群高大，森严，俯瞰着地面
地上活动的人类，不过是点缀
小如蚂蚁，在一幢高楼与另一幢高楼之间
来回游行、跳跃，聚集或分散
身上披挂着艳丽的装饰物
五颜六色，分外炫耀闪烁
一个个显得自命不凡，趾高气扬
这些高矮不一、肥胖各异的人群啊
不过映衬出都市主角们的挺拔
不过证明着都市统治者的威猛

世界各地的人们，像一只只飞鸟
降落在这个叫纽约的水泥平台上
他们膜拜着这些钢筋结构的庞然大物
唧唧喳喳，惊叹不已
他们啄食着资本与时尚的残羹剩饭
津津有味，乐此不疲

他们中的一些，掏出一个四方形的小盒子
按个不停，闪光灯的光柱
撞到了玻璃幕墙上，然后反弹回来
直接命中他们的穴位
让他们眼花缭乱，晕头转向

我被包围在莺莺燕燕的鸟语世界里
感到茫然失措，我完全听不懂他们在说些什么
也不明白他们心里到底在想些什么
我无法理解他们兴高采烈如获至宝的表情
但奇怪地，我有一种异想天开
我感到：如果不断地一直听下去
说不准哪一天，我会突然把这一切全部听懂并彻底明白
当然，我也知道：实际上那永无可能

探亲记

春日的和风温煦，清晨的阳光温柔
长沙往西三十公里是我们的目的地
下了省际公路，还要绕过一小座青山

在一片水田与另一片水田之间行走
田里的禾苗刚插，水里的蝌蚪还小
最显农家匠心是水田的一角再挖个小池塘

一汪清水里养着几条草鱼、鲢鱼和鲫鱼
一面镜子里反映着天上的美丽
我们觉得一切似曾相识又好像从未见过

对面农舍的小狗一听到脚步声
就冲上山坡冲着我们狂吠
下面的狗一叫，上面的狗也叫

叫声中，五、六家散落各处的农舍渐渐清晰
狗叫声此起彼伏，空气也显得有些异样

我们的后背微微渗出了细汗

路边的树荫给了我们三分钟的清凉
正午的鸡叫又加重了闷热难耐
进退两难中迎面而来两头低头走路的水牛

牛背后还跟着一位老人和他可爱的孙女
牛眼看人时，我们也已经认出这小学同学的父亲
老人邀请去家里喝茶的殷勤，像杨柳又吹来了清风

"真的连茶都不喝一杯?"
"不了，我们还要赶去白若铺。"

致——

世事如有意
江山如有情
谁也不如我这样一往情深

一切终将远去，包括美，包括爱
最后都会消失无踪，但我的手
仍在不停地挥动……

南渡江

每天，我都会驱车去看一眼南渡江
有时，仅仅是为了知道晨曦中的南渡江
与夕阳西下的南渡江有无变化
或者，烟雨朦胧中的南渡江
与月光下的南渡江有什么不同

看了又怎么样？
看了，心情就会好一点点

西湖边

为什么走了很久都没有风
一走到湖边就有了风?
杨柳依依,红男绿女
都坐在树下的长椅上
白堤在湖心波影里荡漾

我和她的争吵
也一下子被风吹散了

傍晚

傍晚，吃饭了
我出去喊仍在林子里散步的老父亲

夜色正一点一点地渗透
黑暗如墨汁在宣纸上蔓延
我每喊一声，夜色就被推开推远一点点
喊声一停，夜色又聚集围拢了过来

我喊父亲的声音
在林子里久久回响
又在风中如波纹般荡漾开来

父亲的答应声
使夜色似乎明亮了一下

春天里的闲意思

云给山顶戴了一顶白帽子

小径与藤蔓相互缠绕，牵挂些花花草草

溪水自山崖溅落，又急吼吼地奔淌入海

春风啊，尽做一些无赖的事情

吹得野花香四处飘溢，又让牛羊

和自驾的男男女女们在山间迷失……

这都只是一些闲意思

青山兀自不动，只管打坐入定

云国

多年来，这风花雪月的国度
在云的统治下，于乱世之中得以保全

耽美的闲适家们悉数沦陷
一边是苍山，一边是洱海
左手是桃红，右手是柳绿
最适合做白日梦，或携酒徐行

深夜，店家坐在冷清的柜台前
掂量着手中的银子和几钱月光
当全球化的先遣队沿高速公路长驱直入
虚度光阴的烟霞客也开始有焦虑感

依靠三塔能否镇定生活和内心？
至少，隐者保留了山顶和心头的几点雪

敬亭山记

我们所有的努力都抵不上
一阵春风，它催发花香，
催促鸟啼，它使万物开怀，
让爱情发光

我们所有的努力都抵不上
一只飞鸟，晴空一飞冲天，
黄昏必返树巢
我们这些回不去的
浪子，魂归何处

我们所有的努力都抵不上
敬亭山上的一个亭子
它是中心，万千风景汇聚到一点，
人们云一样从四面八方
赶来朝拜

我们所有的努力都抵不上

李白斗酒写成的诗篇

它使我们在此相聚畅饮长啸

忘却了古今之异

消泯于山水之间

美女驾临

我在街边等候。一位美人风风火火地赶来
步履匆匆气急败坏。我看了一眼
她立刻脚步放缓、神态显出端庄
在我把目光投向旁边的景物时
她抓紧偷偷抹了抹凌乱的头发
当我再回过头来看她时
她已略显羞涩而愈加美丽动人

当我打开车门邀请她上车的时候
她迈出长腿的优美姿势，真像
一位仪态万方的公主啊

故乡感

我和各地的人们都有过交流
他们都有着固执但各异的故乡感

胡同那头射来的一道晨光
映照热气腾腾的早点铺
磨剪子戗菜刀的吆喝声
……这一切是秋风唤起的故乡感

也有人重点强调阳春三月杏花江南
悠长小巷里打着印花雨伞
结着丁香一样的哀愁的红颜女子

但是，最打动我的是一个游子的梦呓：
院子里的草丛略有些荒芜
才有故园感，而阔叶
绿了又黄，长了又落……

妈妈打手机

接到妈妈手机时，我正在开车

有些火急火燎，有些手忙脚乱

快七十的妈妈第一次用手机

说给远在天涯海角的儿子打一个试试

我急忙问：妈妈，没什么事吧

妈妈说：没事，就试试手机

我说好的，就这样啊。小车正在拐弯

我刚想放下手机，妈妈又说：

没事，没事，你要注意身体，不要太胖

我支吾说好的好的，没事了吧？

小车汇入滚滚车流，我有些应接不暇

妈妈又说：没什么事，我们都挺好的

你爸爸也很好，你不用老回来

其实我回去得并不多，但车流在加速

我赶紧说：知道了，你也注意身体

妈妈说：我身体还不错，你爸爸也很稳定

你要照顾好自己，不用为我们操心

我语气加快：好，好，我会的

妈妈又迟迟疑疑说：没什么事了

再忙也要注意身体啊……

前面警察出现，我立马掐掉手机

鼻子一酸，两行眼泪不争气地流了下来

爱情的救火员

那夜，他当了一个爱情的救火员
喝着闷酒，还没来得及咀嚼自己的伤心事
就打起精神劝说一对怄气的恋人和好
他明知伤心时喝酒会伤身体
但为营造气氛，还是喝，甚至是灌
既为别人，也为自己

一夜，他唉声叹气了六七次
出谋划策帮着哥们拯救他们的爱情
他自己的爱情却正在逃逸
"爱的人往往得不到，得到的人
又往往不珍惜，还是珍惜已经得到的吧"
他不知是想说服别人，还是想说服自己

四行诗

西方的教堂能拯救中国人的灵魂吗？
我宁愿把心安放在山水之间

不过，我的心可以安放在青山绿水之间
我的身体，还得安置在一间有女人的房子里

安良旅馆

安良旅馆矗立于小镇的一角
每天，年轻人驾着摩托车从门前呼啸而过
火拼在三公里的郊外发生
看不见血，也听不到喊叫声
这里仍然安良，包紧身衣黑丝袜的小姐
会过一个小时就去敲不同客人的房门

老板娘坐在大门口的柜台上嗑瓜子
对一切见惯不惊，熟视无睹
那些红头发黄头发的浑小子有时也会来开房
伊收了钱眼皮都不会抬一下
只有伊心仪的镇中学林老师走过时
这妖娆少妇才会咦呀呀迎上去
身子一摇三扭，正经地风情万种

山中一夜

恍惚间小兽来敲过我的门
也可能只是在窗口窥探

我眼睛盯着电视,耳里却只闻秋深草虫鸣
当然,更重要的是开着窗
贪婪地呼吸着山间的空气

在山中,万物都会散发自己的气息
万草万木,万泉万水
它们的气息会进入我的肺中
替我清新在都市里蓄积的污浊之气

夜间,缱绻中风声大雨声更大
凌晨醒来时,在枕上倾听的林间溪声
似乎比昨晚更加响亮

黄昏，一个胖子在海边

人过中年，上帝对他的惩罚
是让他变胖，成为一个大胖子
神情郁郁寡欢
走路气喘吁吁

胖子有一天突然渴望看海
于是，一路颠簸到了天涯海角
这个死胖子，站在沙滩上
看到大风中沧海落日这么美丽的景色
心都碎了，碎成一瓣一瓣
浮在波浪上一起一伏

从背后看，他巨大的身躯
就像一颗孤独的星球一样颤抖不已

海之传说

伊端坐于中央，星星垂于四野
草虾花蟹和鳗鲕献舞于宫殿
鲸鱼是先行小分队，海鸥踏浪而来
大幕拉开，满天都是星光璀璨

我正坐在海角的礁石上小憩
风帘荡漾，风铃碰响
月光下的海面如琉璃般光滑
我内心的波浪还没有涌动……

然后，她浪花一样粲然而笑
海浪哗然，争相传递
抵达我耳边时已只有一小声呢喃

但就那么一小声，让我从此失魂落魄
成了海天之间的那个为情而流浪者

回湘记

那个叫萝玛的咖啡馆我没见过它
它也没见过我，所以门半闭半开，两侧的迎宾小姐
听我说普通话，一时没反应过来怎样招呼我

那个叫陈家米粉的小餐厅似曾相识
它也似乎记得我，所以那半碗肉丝米粉
为表示热烈，辣得让我差点流下了眼泪

那个叫黛丽丝的美发店我不熟悉它
它看着我也很陌生，所以它冷着脸
对我这样只剪个短发的不速之客有意怠慢

那个叫碧洲公园的地方我以前常去
它也很了解我，所以老榕树里的和风扑过来
宛如老友相拥，对面的东台山恍惚冲我眨了一下眼睛

那我曾经常对着朗诵的涟水河
对我当然印象深刻，我曾献给它无数的诗歌

猛一见到消失多年的我，流速一下加快
河边草木也有些小小的激动

那突如其来的故乡的小雨显然也知道我
我也觉得它很亲切，它打湿了我的头
但柔和得仿佛只是亲人抚摸了我一下

对面母校大门里轻盈走出一位白衣少女
她好像认识我，我也看着很面熟
她仿佛二十多年前隔壁班的女生，先是冲着我一笑
然后害羞地低下了头

新早春二月

一个江南小镇上的小学女教师

喜欢诗，擅长玩微博和短信

私底下自怜自爱又自怨自艾着

她也有一个爱恋对象，异地的网友

她的灵性她的寂寞她的骄傲

就只有他还在意着、惦记着

她的嗔怨喜怒，也有了粉丝

这增加着她的自傲，也增加着她的自卑

冥冥之中她总盼望着

有一天他会带着她远走高飞

但她身边的现实还是小桥流水

流逝着她的忧伤也流逝着她的青春

那个男青年是一个大都市白领

爱上网，他们在虚拟空间里一见钟情

他就喜欢这样的小家碧玉，让他轻松

但也是幻想大于行动，总在迟疑

他经常和友人们诉说，从不见迈出半步
就这样两个人每天守着电脑和手机相思

心在一处人隔千里之外的现代牛郎织女
让我感叹不已，我忍不住劝那位男青年：
你就是她的全部，她的人生
就只等着你帮她去完成
你应该和她私奔，去世界任何一个地方
如果这样，就是一个新的早春二月

平原的秋天

秋天，华北的平原大地上
已收割完所有的庄稼
整个田野一望无际地平坦
只余下一栋房子
掩盖在几棵金黄的大树下

白天，屋顶铺满黄金般的叶片
黄土色的房子在阳光下闪闪发光
可以听到鸡叫声、牛哞声和狗吠
还有磕磕碰碰的铁锹声或锯木声

夜晚，整个平原都是静谧的
唯一的访客是月亮
这古老的邻居也不忍心打搅主人
偶尔传出三四声猫咪

夜，再深一点
房子会发出响亮而浓畅的鼾声
整个平原亦随之轻微颤动着起伏

一块石头

一块石头从山岩上滚下
引起了一连串的混乱
小草哎哟喊疼，蚱蜢跳开
蜗牛躲避不及，缩起了头
蝴蝶忙不迭地闪，再闪
小溪被连带着溅起了浪花

石头落入一堆石头之中
——才安顿下来
石头嵌入其他石头当中
最终被泥土和杂草掩埋

很多年以后，我回忆起童年时代看到的这一幕
才发现这块石头其实是落入了我的心底

新隐士

孤芳自赏的人不沾烟酒，爱惜羽毛
他会远离微博和喧嚣的场合
低头饮茶，独自幽处
在月光下弹琴抑或在风中吟诗

这样的人自己就是一个独立体
他不愿控制他人，也不愿被操纵
就如在生活中，他不喜评判别人
但会自我呈现，如一支青莲冉冉盛开

他对世界有一整套完整的理论
比如他会说：这个世界伤口还少吗？
还需要我们再往上面撒一把盐吗？
地球已千疮百孔，还需要我们踩个稀巴烂吗？

还比如，他会自我形容
不过是一个深情之人，他说：
我最幸福的时刻就是动情
包括美人、山水和萤火虫的微弱光亮

例行问话

一年总有那么几次，我迫不及待地
买一张机票，再坐一小时汽车
回到住过十多年的老房子里
探望越来越衰老的父亲母亲

总有一些例行的程序，每天
我坐在客厅的长沙发中间
父亲在左边，母亲靠在右边
眼前是一杯热气腾腾的家乡绿茶

从坐下开始，父亲母亲就交替问话
父亲问得多的是工作，母亲则关心着健康
这都是每次回家探亲的例行问话
反反复复，百问不厌
有时是一两个小时，有时是三四个小时
我总是老老实实坐在那儿——回答
直到他们站起来去张罗饭菜

自从离开家乡之日起，这样的
例行问话过一段时间就重复一回
而我也从不厌倦，总是定期回家
安静地坐在沙发上，等待着父亲母亲的询问
久而久之在心底成为了一种期待

虚无时代

虚无党在全球暴动，手势所指
从伦敦到纽约，从欧洲到美洲
新的布拉格之春在资本主义的中心发起
演变为手机短信、推特和微博的起义
没有口号、没有目标也没有组织
闪族重演呼啸而来呼啸而去的行动
只有汽油瓶、蒙面和肉体之躯
暴走族世家在全城的所有街道奔突
一场无所事事的青春的本能的力必多革命
潜伏着被剥夺的愤怒和造反的冲动

我，一个遥远的海岛上的东方人
因对世事的绝望和争斗的厌倦
转向山水、月亮和故乡的怀抱
但我也有隐隐的担心，在新的大跃进中
青山会不会被搬迁，月宫是否终有一日拆除
而每一个人的故乡，似乎都正在改造之中

隐士

隐士，就应该居住在像隐士藏身的地方
寻常人轻易找不着
在山中发短信，像是发给了鸟儿
走路，也总有小兽相随

庭院要略有些荒芜杂乱
白鹅站立角落，小狗挡住大道
但满院花草芳香四溢
宛若打开了一大瓶香水

然后，就像你所知道的
房子在水边，船在湖上
而那些不时来探访隐士的人
心，飘到了云上

暮色

炊烟，指示着家的方向
游子千里迢迢从异乡归来
青山隐隐，步履急切
当晚钟惊起飞鸟时
逾近，眼底愈是迷茫……

暮色，恰是最古老的一抹乡愁

老年

老年，总是处于半回忆半倾诉的嘟哝之中
偶尔会有猛地迸发的惊人清醒

隔着雾气腾腾的茶杯，我陪着父亲闲聊

父亲近来对当前之事越来越迷糊
对遥远的事情反倒记忆清晰如数家珍
——也许，那些确是时间仓库里的财富

"那一年，去朝鲜战场送兵，几十辆大卡车
我在最前面押车，中途休息时
认识一位也是押车的老乡，聊得熟了
他说我很划得来，后面的都得吸灰尘
他就老咳啊咳。我很同情，就和他换了
……结果，前面的卡车被美国飞机炸掉了"

父亲停顿了一会，接着说：
"他代替了我死，我代替他活了下来"

说完，父亲脸上闪过一丝瞬间历尽沧桑的平静

我杯中的热茶也正冷下来……

水府白鹭

水之府第，最高首长是一只白鹭
每临黄昏，要最后一次巡视自己的领地

青林雾霭间，升起几缕炊烟
竹林小路通向每一座院子
桂花香，会趁主人不注意时
偷渡到别家迷蒙的情境里
吊桥在晚风中轻轻摇动，安抚着小岛
渔船上，人们安居乐业，生火做饭

薄暮里，有一个人在岸边垂柳下坚持垂钓
白鹭往下看了一眼，开始打道回府，收工

深夜一闪而过的街景

深夜十二点，在一个偏僻的街角

浓密阴暗树荫下，七八个男子

围拢，其中一个挥手在打

一个瘦小的女孩

女孩边招架边后退

……

我开车路过，瞥见了车窗外的这一幕

按捺不住心头的怒火

在下一个路口立即掉头返回

拎着车头钢锁准备去制止

却见刚才的树荫下

空无一人

鹦哥岭

鹦哥岭上，芭蕉兰花是寻常小景
鸟啼蛙鸣俨然背景音乐
每天清晨，松鼠和野鸡会来敲你的门
如邻里间的相互访问

作为一名热衷田野调查的地方志工作者
我经常会查阅鹦哥岭的花名册
植物谱系在蒲桃、粗榧、黄花梨名单上
最近又增添了美叶秋海棠和展毛野牡丹
动物家族则在桃花水母、巨蜥、云豹之外
发现了树蛙和绿翅短脚鹎

而观测室里也记录了鹦哥岭近期的两件大事
一是十万只蝴蝶凭借梦想飞过了大海
另外一件是二十七个青年挟着激情冲上了山顶
下山时几支火把在漆黑的山野间熊熊燃烧

渡

黄昏，渡口，一位渡船客站在台阶上
眼神迷惘，看着眼前的野花和流水
他似乎在等候，又仿佛是迷路到了这里
在迟疑的刹那，暮色笼罩下来
远处，青林含烟，青峰吐云

暮色中的他油然而生听天由命之感
确实，他无意中来到此地，不知道怎样渡船，渡谁的船
甚至不知道如何渡过黄昏，犹豫之中黑夜即将降临

夏天的到来拯救了我

一个雨季我都陷在迷茫里

绷着脸，不笑，经常不由自主地发愣

面对一堵青墙也会出神

整整三个月，我都不爱和谁说话

长发邋遢地在细雨中的大街上走来走去

我和梅雨季比赛哪个闷得更长久

但是夏季的到来治好了我的忧郁症

丽日蓝天让愁郁无处躲藏

清风和爽扫除了阴翳

夏天彻底缓解了我的神经紧张

是的，夏天的到来拯救了我

短发，也使我显得精神了不少

台风天

台风天，人们如困在笼中的野兽一样焦虑
铁路公路轮船飞机都停了
海南岛成了一座孤岛
四面大海，飞溅的浪花拍打着礁石
每一个人都感到自己被抛弃
被上帝丢弃，像无人领养的孩子
惶惶然不可终日……

人们只能在狭窄的房子里守着电视
在黑暗中盯着手机烦躁地反复刷屏
窗外张牙舞爪的树枝，扫荡着高墙
一下，一下，又一下……

而我在暴风雨中酣睡
一副彻底沉入另一个世界的表情
一阵又一阵对于世事不管不顾的响亮鼾声

我有一种特别的能力

我有一种特别的能力
总是能寻找到一处安静的角落
就如动物总是能寻回自己的巢穴
将身体蜷缩起来……

这个小亭子位于高台的一侧
新月初映，几个星星挂在树梢
映亮两岸站立的树木——
静穆中，树枝垂落水里
清冽的河水冲刷着岸边的沙石

我就隐身于亭子里僻静的暗处
夜色中，湍急的水流声
掩盖了高台上欢宴的喧哗
使此刻更加安静

潘　维

春天不在

春天不在，接待我的是一把水壶
倾注出整座小镇。寂静
柔软地搭在椅背上。我听见
女孩子一个个掉落，摔得粉碎

春天不在，树木在消瘦
旅店的床单震颤出薄薄的爱情
雨，滴入内心。如一个走门窜户的长舌妇
一下午，就消灭了几屋子的耳朵

1987

丝绸之府

怦怦作响的子宫不时掉下一些刺
让春天无法在大地上行走
因此，那赤裸、怕疼、缺血的少女来了
玻璃从她的肺里涌出
美丽在破晓

冰冷的光，哦，一曲茴香哀歌
酸奶般挤出丝绸之府
新裁的内衣点燃裁缝的剪刀
街巷在鸟粪中肥沃

你认识木匠那顶动情的草帽吗
它是由潮湿的麦秸编织
被一次次算术的烦恼染成灰黄

死者的骨灰在水面上漂浮
鱼鳞的音量拧得很大
一直将丁当的钻机送入矿底

为什么那些文件，比旗帜还烫手的铅字
要捣成雪天的纸浆

漫山遍野的青年，转瞬即融化，
一艘船驶出梦乡，尝到波罗的海的微浪

1987

看见生活

我希望有一天我会醒来

看见黑暗在生长
看见忧伤在我的脉管里散步

打开窗子，看见天空像一条床单
撤走木梯，看见逃亡的人群

环绕在我周围的铜镜
是语言、时间和迷惘的问题

如果我醒在早晨，我的仇恨就会闪亮
如果水面上是一朵花的幻影
我就把书籍翻到雨季这一页

但我必须穿上革命这双鞋
必须与我否定的一切对话
在继续震颤的地球上

我必须从头到脚

吮舐紫罗兰的花香

然后醒来

然后睡去

并在这两种犯罪之间

向生活浇下超现实的激情

1987

紫禁城的黄昏

自从因贪食而受到责骂之后
黄昏又一次落到紫禁城
书案和琉璃瓦屋檐光洁的气味令人吃惊
每逢烛光熄灭或眼帘跳动
皇帝就要上百遍地翻弄那些泛黄的历书
随着他轻轻一声咳嗽
便冒出一大群大臣、管家，全体跪拜
不敢喘息，在这些噩梦成癖的日子里
皇帝唯一的宽慰就是领略权力的奥秘
但他若是知道皇冠在戴上之前就已被命运废黜
或者当他发怒，打碎贡酒，而突然
一种迷幻攫住了时间，使他原谅了一切
那么，他至少会替后宫的奶娘梳理一次头发

然而皇帝的最后一道圣旨
还墨汁未干，那个被阉割了生殖器的太监
就从旁门溜走了，弯腰搂抱着玉器
火光中的京城，一片干燥

众人皆听见蟋蟀的锯齿一圈一匝地

咬啮着回廊的圆柱

那儿锦缎上的黄龙是用金线织成的

至今仍有一些女子在羡慕妃子们的香料

和她们在铜镜前那种空洞的争风吃醋

1988

在那时

那时黎明像牙齿一样掉落
面包还未在各处架子上出售
而树上植满玻璃，每一块都苦涩、兴奋
我自满，洋溢着必然；一条绳子
垂下来，整个透明之夜雨声一直悬挂着
听不到谎言，只有灯笼
突然生长，又官员般转身离开

那时失宠的乐师在街头演奏莫扎特
五月不断地敲门
我不敢注视惨白的脸，我站在
阴影里，周围死亡的空气优雅
用鸟，蓝色在人群上空留下弧线
在张贴各类公告的石灰墙面
有一条刚刷新的政治标语
那红色，与浓重的鱼腥味混合一体

那时，她是一位乡长的女儿

河那边，是浸透了水的小树林
我们把幸福头发般剪短
后来，青春宁静地引导热情上山
我们在交会处点数着熟悉的烟囱

1990

追随兰波直到阴郁的天边

追随兰波直到阴郁的天边
直到庸人充塞的城池
直到患寒热病的青春年岁
直到蓝色野蛮的黎明
直到发明新的星，新的肉，新的力

追随，追随他的屈辱和诅语
追随他在地狱里极度烦躁的灵光
追随几块阿拉伯金砖
那里面融有沙漠和无穷
融有整个耗尽的兰波

追随他灵魂在虚幻中冒烟的兰波
甚至赤条条也决不回头
做他荒唐的男仆，同性恋者
把疯狂侍候成荣耀的头颅
把他的脸放逐成天使的困惑

1991

月亮

大地的蓝在微微的鞠躬。

水杉像少年推开满身的窗户，
稀疏的月光落到细节上。
风，草草地结束了往事，
又沿着铁轨，驶向乌黑的煤矿。

我，并不知道还有多少事物
尚未命名，上帝的懒惰
难道成了诗人的使命？
一眼望去，青春的荒凉，
从水底弥漫出初冬。
一只雨中的麻雀，疾行翻飞；
灰色屋檐，静止着羊角。

（那手持鞭子的放牧者：月亮，
在抽打那么多心脏的同时，
可曾用奶喂养过这片风景？）

月光，可曾地毯一样卷起裤管，
赤裸的土，忍受冰冷的脚。

一节我生命的金链，
带着分离时的恐惧，失落在尘世某处。
哦，那就是丧失了名誉的——泥土；
在火光冲天的背景中，
被倾城逃难的人群活活冲散的
天上的泥土。

必须紧紧贴住月亮呼吸，
别退化这根点燃的尾巴。

1994 - 10

运河

需用红辣椒去修复的天空
裹着一条右派的围巾，在十二月的寒风里。
他微笑着，被众多陌生的房间包围。
书桌上，放着一桢照片：梦游的背景。
雨声点亮了孤立的台灯。

没有去督军府的护照，但有忏悔
从古建筑师贫病的头顶上渗漏下来。
他微笑着，记起一艘挂满纸灯笼的木船
航行在做爱的激情里，
阴暗的运河上升着唱诗班的神圣。

窗外，灰色的街道，沉沦的光，
少女枝头上那湿漉漉的痴迷，
一切都泛起泡沫，伴随着承诺和抚摸。
他无法突围，他已丧失了军队，
牺牲的尸骨交叉，堆积成年龄。

家乡在衰老中时远时近，暧昧
如微弱视力。喧嚣的佳肴
好比命运，从他的掌纹上脱离，
影响他的仅剩空虚之爱这张船票，
让他返回引诱、鸦片和肖邦的怨诉里。

1994－12－18

日子

那些风光，从每一粒琥珀里渗出来，
从屋檐下渗出来，从骨骼
和后宫的轻雷中不带面具的渗出来。

还有寂静，将银器摆上餐桌，
用仆人的懒惰凝想远方。
远方，可能有水，刚刚发芽
就准备流淌。

为一个日子微微摇摆它细小的蛇腰。

不错，树枝是对的——
让叶片站在高处，托住钟声。
没有铜从早晨掉下来，
也没有羚羊奔出乡村的墙壁。

只有方向，在迷失，在迷失，无限的迷失；

只有邮局，传染着传染着风俗。

1999 - 1 给晨瑜

雉城

太湖。雨水。油腻的钱柜。

我的人生就这样毫无防范的遗失了。

在此，我的才华被理发店

修整的杂乱无章；

苍凉的前额，穿过节气、丝绸和酒色，

穿过集体的细菌，

如送葬的哀乐。

就这样，屋瓦上的静穆

将天空揉碎，撒下水面。

刺中的日子，隐隐作炎。

和风暴一起藏匿于贫乏中心，

像一个继承者，

继承了幽灵的圈套，

昼夜游荡于长发之间。

生活，虽然并非残羹冷炙，

但毕竟是我们从墓碑后捡来的。

前辈们剩下的，包括少女
她们被美化的心跳
压迫着城镇，伤神的目光
在编织雨网。
如一条与水草相伴的鲢鱼，

用鳞片注视着锈蚀的星空，
我缓慢的脚步正形成灰烬。
孤独太冷，需要一盆炭火，
移走十二月的寒冬，
温暖我血管里的液体江南地图。
多年来，我一直绘制着它，
如一根羽毛梳理着肥厚的空气。

1999－2

给一位女孩

我喜欢一个女孩。

我喜欢一个黑巧克力一样会融化的女孩。

我旅途的皮肤会粘着她的甜味。

我喜欢她有一个出生在早晨的名字。

在风铃将露珠擦亮之时，

惊讶喊出了她，用雨巷

梦游般的嗓音。

我喜欢青苔经过她的身体，

那抚摸，渗着旧时代的冰凉；

那苦涩，像苹果，使青的旋律变红；

使我，一块顽石，将流水雕凿。

我喜欢一个女孩的女孩部分。

她的蚕蛹，她的睡眠和她的丝绸

——应冬藏在一座巴洛克式的城堡里。

让她成长为女奴，拥有地窖里酿造的自由。

我喜欢她阴气密布的清新吹拂记忆。

她的履历表，应是一场江南之雪，

围绕着一个永远生锈的青年，

一朵一朵填满他枯萎的孤独。

2001 - 1 - 30 现场即兴

乡党

离开之前，你就早已把老家回遍。
现在，你能回的只是一堵
被雨水供养的墙壁。
在斑驳中，你幻象般真实。
往事弯下威胁式的膝盖向你求爱；
你退避着，缩小着，吞咽着生锈的奶。

乡党，我也是一道填空题；
在月光锯齿的边缘晾晒街道。
石板上的盐，并非可疑时光。
出嫁的屋顶，仅仅是翅膀在收租。
而从雕花门窗的庭院里，不经意的会流露
我们细小的外祖母封建的低泣。

不过，你将会受到迷信的宴请。
不必去破除那些落叶纷飞的软弱。
即便你能把吉他弹奏出黄昏的形状，
也不会有一根弦为你出生。

在我们县衙贪婪的裙底，

仍是发霉的官员在阵阵洗牌。

一年四季，仍是名副其实的徒劳。

然而，当你再次回来，准备鞠躬；

乡党，我将像一枚戴着瓜皮帽的果子，

送你一付水的刑枷，我已经

被铐住示众多年。还有，让修正的眼光

领你去观赏：太湖，我的棺材。

2002－1－25 致何家炜

隋朝石棺内的女孩

日子多么阴湿、无穷，

被蔓草和龙凤纹缠绕着，

我身边的银器也因瘴气太盛而薰黑，

在地底，光线和宫廷的阴谋一样有毒。

我一直躺在里面，非常娴静；

而我奶香馥郁的肉体却在不停的挣脱锁链，

现在，只剩下几根细小的骨头，

像从一把七弦琴上拆下来的颤音。

我的外公是隋朝的皇帝，他的后代

曾开凿过一条魔法般的运河，

由于太美了，因此失去了王国。

圣人知道，美的背后必定蕴藏着巨大的辛劳。

我的目光，既不是舍利、玛瑙，

也不是用野性的寂静打磨出来的露珠；

但我的快乐，曾一度使御厨满意；

为无辜的天下增添了几处鱼米之乡。

我死于梦想过度，忠诚的女仆
注视着将熄的灯芯草责怪神灵，
她用从寺庙里求来的香灰喂我吞服；
我记得，在极度虚弱的最后几天，
房间里弥漫着各种草叶奇异的芳香，
据说，这种驱邪术可使死者免遭蝙蝠的侵袭。
其实，我并不是一个无知的九岁女孩，
我一直在目睹自己的成长，直到启示降临。

我梦见在一个水气恍惚的地方，
一位青年凝视着缪斯的剪影，
高贵的神情像一条古旧的河流，
悄无声息的渗出无助和孤独。
在我出生时，星象就显示出灵异的安排，
我注定要用墓穴里的一分一秒
完成一项巨大的工程：千年的等待；
用一个女孩天赋的洁净和全部来生。

石匠们在棺盖上镌刻了一句咒语："开者即死"。
甚至在盗墓黑手颤栗的黄土中，
我仍能清晰的分辨出他的血脉、气息
正通过哪些人的灵与肉，在细微的奔流中

逐渐形成、聚合、熔炼……

我至高的美丽，就是引领他发现时间中的江南。

当有一天，我陪他步入天方夜谭的立法院，

我会在台阶上享受一下公主的傲气。

2002－6－8

白云庵里的小尼姑

冬日之光停留在瓷碗的釉上，
一朵菊花，播下了暧昧的种子。

你低首，从佛龛里无语的走下，
朴素的曲调，一尘不染。

我知道，你是信仰的防腐剂、小家奴，
影响着来世的气候。

如果我是一位年轻初学的园丁，
刚从一阵不雅的芳香里直起腰杆，

那么，我的笛音就会认出，
你是被晨风点名的女生——

清新的脸庞，无所事事的天空，
灿烂的肌肤把祖母忘得一丁二净。

祈祷跪毯精细的莲花图案，
已被你的膝盖磨损成经文。

然而，你满月之时的咳嗽，
是否会照亮我墓志铭上的瑕疵。

2002－7－1 致陆英

梅花酒

那年，风调雨顺；那天，瑞雪初降。
一位江南小镇上的湘夫人接见了我。
她说，你的灵魂十分单薄，如残花败柳，
需要一面锦幡引领你上升。
她说：那可以是一片不断凯旋的水，
也允许是一把梳子，用以梳理封建的美。
美，乃为亡国弑君之地，
一弯新月下的臣民只迎送后主的统治。
这些后主们：陈叔宝、李煜、潘维……
皆自愿毁掉人间王朝，以换取汉语修辞。
有一种牺牲，必须配上天命的高贵，
才能踏上浮华、奢靡的绝望之路。

她说这番话时，雪花纷飞，
在一首曲子里相互追逐、吻火。
我清楚，夫人，你曾历遍风月，又铅华洗尽；
你死去多年，人间愈加荒芜：梦中没有狐女，
水的记忆里也没有惊鸿的倒影。

根据一只龙嘴里掉落的绣花鞋,

和一根丝绸褪色的线索,

我找到了你,在清凉之晨,在荒郊野外:

你的坟墓简朴得像初恋的羞涩,

周围的青山绿水渗透了一种下凡的孤独,

在我小心翼翼的目光无法触摸之处,

暗香浮动你姐妹们的名字:苏小小、绿珠、柳如是……

夫人,虽然你抱怨了阴间的月亮、气候,

以及一些风俗和律法,

但唯有你的死亡永远新鲜,不停发育。

从诗经的故乡,夫人,我带来了一瓶梅花酒,

它取自马王堆 1 号汉墓帛画的案几中央,

据说,酿制它的那位画工因此耗尽了魔力,

连姓名也遗失在雪里,融化了。

我问道:是否我们可以暂时放下礼仪,

在这有白玉和金锁保佑的干净里,

在这凤凰灵犀相触的一瞬间,

让我忏悔、迷醉,动用真气,动用爱情。

唯有爱情与美才有资格教育生死。

2003 - 1 - 23 给柯佐融

梦话从前

细雪将黎明打磨成银子；
一片虚弱的水，在说梦话：

是蚂蚁的眼光，在照亮前途；
是古董商的阴谋，在布置婚礼。

恰似"鸟初叫，花贵了"之时，
蚕眠在继续，生命在仿佛：

从前，我旁边有床被子凉着，
夜雨里还有破瓜声和肺炎呢。

从前，他们交给我青春：
临时搭建的天空，简单的蓝天、白云；

哦，还有战地护士的春天，
原野上崇高的忙碌；

一种束手就范的心跳，

转瞬就在骨子里吹拂彻底的薄情。

从前，冬日正设法穿过人群，

逐渐使锋刃增加一点人性。

贞节牌坊立起在镇子中央，

道德被雕刻得无比精美。

2003－1－25 致江弱水

童养媳

风铃送来了一朵小雏菊；
礼物还嫩黄着，在土地庙隔壁，
她将蜘蛛分泌的寂静据为私有。

患了水乡幽闭症的寂静，
身份低暗，只配做童养媳。
如同一枚银币沉入瓮底，
她丝质的处女手腕，
有滑润的血痕，透亮如玉。
不是虐待留给官府的证据，
是那揪心的美，在搬弄是非。

当军阀和马蹄进驻城里，
经常可闻四世同堂的显赫家族，
被悲剧抄了家。

唯剩后花园，露珠像语录
一闪一闪。瓦砾

巧妙地传递着潮湿和微光。

似乎永远有一座戏台，喧闹着。

夜风送来了一桩买卖，

爱情的买卖，趁她童年熟睡之际。

2003-5-19 给顾慧江

香樟树

烟花、萤火虫和山坡

还有初恋的口红

还有我用琥珀保存的邻家女孩：

一切，都被劣质海报温暖过，

在老城区，

在护城河黑浊的注视下：

一切，都有名字，

被稚嫩的喉咙喊过。

我承认，拷打我、逼迫我成长的刑具

——是江南少女

湿润的美貌让孤独丛生。

我承认，我谈论的仅仅是

一棵香樟树，

它闹鬼、冲动、尚未枝叶飘摇

但它的清香已把空气抽打成一片片记忆：

随腹部受孕的悸动，

将背叛蔑视到遗忘里。

2003 - 10 - 31 给王瑄

苏小小墓前

一

年过四十，我放下责任，
向美作一个交待，
算是为灵魂押上韵脚，

也算是相信罪与罚。
一如月光
逆流在鲜活的湖山之间，
嘀嗒在无限的秒针里，

用它中年的苍白沉思
一抔小小的泥土。
那里面，层层收紧的黑暗在酿酒。

而逐渐浑圆、饱满的冬日，
停泊在麻雀冻僵的五脏内，
尚有磨难，也尚余一丝温暖。

雪片，冷笑着，掠过虚无，
落到西湖，我的婚床上。

二

现在苏堤一带已被寒冷梳理，
桂花的门幽闭着，
忧郁的钉子也生着锈。

只有一个恋尸癖在你的墓前
越来越清晰，行为举止
清狂、艳俗。衣着，像婚礼。

他置身于精雕细琢的嗅觉，
如一个被悲剧抓住的鬼魂，

与风雪对峙着。
或许，他有足够的福分、才华，
能够穿透厚达千年的墓碑，
用民间风俗，大红大绿的娶你，

把风流玉质娶进春夏秋冬。

直到水一样新鲜的脸庞，

被柳风带走，

像世故带走憔悴的童女。

三

陪葬的钟声在西泠桥畔

撒下点点虚荣野火，

它曾一度诱惑我把帝王认作乡亲。

爱情将大赦天下，

也会赦免，一位整天

在风月中习剑，并得到孤独

太多纵容的丝绸才子。

当，断桥上的残雪

消融雷峰塔危险的眺望；

当，一座准备宴会的城市

把锚抛在轻烟里；

我并不在意裹紧人性的欲望，

踏着积雪，穿过被赞美、被诅咒的喜悦：

恍若初次找到一块稀有晶体，

在尘世的寂静深处，

在陪审团的眼睛里。

2004－12－3杭州，大雪，给宋楠

箫声

一

这时，一抹寒带的晚霞，
在果园里寻根；

一条被驼背调戏过的杏花河，
将掌故洗净；

深爱菜场的窗户，
开向旧时月色；

在江南绿色琉璃的底座上，
小母亲受了水精子的孕。

这时，一支陪葬的银箫，
从余温里吹起，

那生命微微起伏的褶皱，

浸泡着完美。

追忆光辉的冬日寺庙，
负有赎罪的责任。

二

那吹箫的女生是个幻影，
微弱的气息尚未接通阳间。

她吹着，曲调悲喜交织，
断断续续描绘了季节的飘零；

荒凉的帝国，
像挂在蛛网上的爱情尸体；

一个民族几代人的税收，
只精制了二三只木鱼。

她穿着一件金缕玉衣，
肉身隐匿成谜。

像黎明光线下的时尚英雄，

她陷入了寂静的十面埋伏。

永不腐烂的仇恨力量，
在崭新闪亮。

三

在打磨了不含水晶的露珠，
和粗糙的悼词之后，

在饱食了吴越风情，
醉饮了奢靡的气息之后，

她雨水的嘴唇，
有了喜气。

她发着情，
身体像一只柔软的蜜罐，

她在一幕悲剧的高潮里发着情，
不顾阶级利益，

也无视一支用以屠杀的军队，

行进的意志。

岁月在箫声里忽隐忽现，
一种悲怆拯救了此刻。

2005－12 给王音洁

梅花开了

梅花开了，才知道还有家乡，
才记起还有情事未了。
他只会叫她名字的一半，
或许，她已从繁体简化到优雅，
像清凉寺的雪，
散发出禁欲的青草香。

带着歉意，安静的心
微微送别；
送别疤痕里的深浅隐痛。
岁月，热闹而怀孕着，
敲门声有着姓名，
连枝条上的脆弱也呼吸善良。

平庸的空气所认同的地方志，
不会记载茶馆里的流言。
梅花开了，道德依然贫瘠，
那些粉红的信笺上只写着一个字：爱。

爱，这个小小的非凡的主义，
尘土坚持了最久。

无奈的，俗世的圣徒，
穿过鞭刑密集的花雨：
孤独使他的脸很遥远，
人们只能吻到东方星空的味道。
梅花开了，寒冷熟了；
往昔重了，爱情寂静。

2006－2－20 致北岛

短恨歌

把恨弄短一点吧，
弄成厘米、毫米，
弄成水光，只照亮鲑鱼背上的旅行；
弄成早春的鸟叫，
离理发师和寡妇的忧郁很近。

不要像白居易的野火，
把杂草涂改成历史。
也不要学长江的兔尾，日夜窜逃不息。
更不要骑蜗牛下江南，缠绵到死。

把恨弄短一点，
就等于把苦难弄成残废，
就等于床榻不会清冷。

在孤独纷飞的柳絮下，
爱情是别人的今生今世，
即便我提前到达，也晚了；

即便玉环戴上无名指，

恨，也不关国家的事。

2006 - 8 - 20

同里时光

青苔上的时光，

被木窗棂镂空的时光，

绣花鞋蹑手蹑脚的时光，

莲藕和白鱼的时光，

从轿子里下来的，老去的时光。

在这种时光里，

水是淡的，梳子是亮的，

小弄堂，是梅花的琴韵调试过的，

安静，可是屋檐和青石板都认识的。

玉兰树下有明月清风的体香。

这种低眉顺眼的时光，

如糕点铺掌柜的节俭，

也仿佛在亭台楼阁间曲折迂回

打着的灯笼，

当人们走过了长庆、吉利、太平三桥，

当桨声让文昌庙风云际会，

是运河在开花结果。

白墙上壁虎斑驳的时光，
军机处谈恋爱的时光，
在这种时光里，
睡眠比蚕蛹还多，
小家碧玉比进步的辛亥革命，
更能革掉岁月的命。

2008 - 3 - 13 给长岛

雪事

一

初雪，她的每一次再婚，
都在峰顶之上，
依然洁白、处女精神；

我那张搁在北风里的老脸，
也曾经被覆盖，
如一曲蝶恋花伤透俗世半座空城。

杂草林间，仅此一件雪事，
可称作失恋残酷物语，
为此，我默默地收拾后半生。

还有什么饭碗，
值得我一步三叹、九曲回肠，
做皇帝也不过是弄到了一只更易碎的玉碗。

我愿搭乘一头牛，
把离别的速度慢到农历里去养蚕，
把今生慢到万世。

二

这座山常年受蚊虫叮咬，
这条水声昼夜挂在树枝上，
这里的县长很光荣。

这便是我风迷酒醉的乡土，
如今，它的五脏六腑被大雪腌制。
一切，静止于钱眼里。

只有寒冷夹带着宗族势力，
满足头版新闻的垃圾内需；
只有我被忧伤私有化了。

开始明白，古墓普通话
不可能和市井混混打成一片，
我暮色累累的岁月属于一种修辞浪费。

终于疲惫到各就各位，

禽鸟分飞。

每朵雪花都是重灾区。

2009 - 2 - 5

今夜，我请你睡觉

永远以来，光每天擦去镜上的灰尘，
水无数遍洗刷城镇，
但生活依旧很黑，
我依旧要过夜。
茫茫黑夜，必须通过睡眠才能穿越。

西湖请了宋词睡觉；
广阔请了塔克拉玛干沙漠睡觉；
月亮，邀请了嫦娥奔月；
死亡，编排了历史安魂曲；
非人道的爱情睡得比猪更香甜。

睡觉，如苦艾酒化平淡为灵感；
如肥料施入日历，抚平紊乱；
使阴阳和谐，让孤独强大；
一种被幸福所代表。

可没有人请我睡觉。

为什么?! 为什么

在这比愚昧无知还弱小多倍的地球上,

居然没有人请我睡觉。

我,潘维,汉语的丧家犬,

是否只能对着全人类孤独地吠叫:

今夜,我请你睡觉。

2009 - 9 - 6

法华寺

一

风落上水面，
形成迅疾的鱼皮。

青草、橘树、枯荷为每一个早晨调味。

星空溶入大海，
济州岛永远的淡着。

只有匆忙者是咸的、活的、肉类。

大静的空气轻倚低矮的门框，
屋顶的眺望，欲念虚无。

善浪滚滚的油菜花呀，
听惯了潮汐——
打开牡蛎、镀银带鱼。

法华寺：一种返璞归真的秩序，

在空间的最高处，

垂挂着明姬的几根线条。

二

午后：虚静、绿茶开封。

灵魂的灰烬万紫千红。

不远处，一条懒狗守护着乡愁。

是否几阵柳雨，

错过了一位女子浮世的优雅，

同时，也错过了出家之美。

很多人把书读到了狗的身上，

我把一生，读到了桃花里。

一树的鸟声随落花低低飞翔于脚趾上。

我只想告诉你，明姬，

你是空城计里那把沉香古琴，

当烟雾散尽，宽大的岁月显现纹理，

思想比末代和尚还清净。

2009－3－21 济州岛，给明姬

月圆之夜

月圆之夜，
世界变得简单；寂静，
悬挂着、赤裸着苍白。

月光劈开潮湿的街道，
蓝烟点燃那个被厨师烹饪到丰满的甜女孩，
很快，很快，她会发生质变。

月圆之夜，
亲情血脉旺盛，
听得见妈妈小小的家无穷的呼唤。

我们都是月亮的人质，
我们的骨灰只撒在回家之路上，
如，风中毫毛。

在暗中，对几两碎银说，
够了！可以放下斧子，

去西湖颓废了。

对扭曲水泥的城市说，
呸，叛徒！把圆圆的村庄还给我，
里面仍要裹着红豆的馅。

2011－9－16 给胡东梅

西湖

一

这黎明，这从未关爱过的表妹的宁静：
柳枝滴下枯绿，
地平线穿进针眼，把一抹霞彩
缝补在东方。

一辆手推车推着波浪。
一坛黄酒加入剩女行列。
我置身于高音中，试图
颤栗，直至喑哑。

二

旗袍叉开的丹凤眼
怀抱琵琶，评弹着雨丝、浮萍
和自恋的藕香。
西湖，一张酒旗临风的招贴画。

这片湖水，从未受过惊吓，

不会发生马蹄失控、剑气四溢的混乱；

每一天，缰绳拴在苏小小的墓碑上，

风月牢固。

三

雾影凌乱，丰腴横流，

一派浮世景象。

老家办事处的清寒水光，

全凭吴侬软语支撑。

忧伤，爬满秋色，

像蜈蚣刹那启动整齐划一的木桨。

美，到了无可奈何的层面，

福分会出面做主。

四

花瓣的薄膜游向处女。

高贵只接受鲜嫩的事物。

反之，法律经权力消化后成了快餐，

帝国被嗡嗡声赞美成苍蝇。

岳庙，收敛起它满腔怨愤的疲惫，

赤子般露出炎热，

并以屋脊的爆发力掠过黑夜。

阴阳一体的心跳，渗透层层汗衫。

五

而仍然，出现了一场雪灾

——断桥连接了；

从此，人仙配集体退役。

探梅的芽，缩了回去。

旅游业榨干了诗意，

空气也挂牌制币厂。

人民在楼外楼，醋鱼是山外山。

几片乌云，感动白堤。

六

西湖梦在宋词里泛滥，

柳浪闻莺最红的野花，敲亮了晚钟。

听清楚，更大一片开阔

留给了回声。

我用历史的糖果许个愿：

在湖畔，我的铜像

将矗立起龙的灵感；

等待，一张又一张宣纸穿越烟云。

2011－11－18 给徐雯雯

天目山采蘑菇

没读过五线谱的森林长满了蘑菇，

我采下一个休止符。鹅黄，有毒，急性的斑点

随暮光扩大，以至于

那尚未抵达的爱

来了。踏着单车，全身洋溢着尤辜的恨。

吃惊于自己是一座水牢。

一路上，灵魂在绿叶的尖叫里穿行。

吞食这一刻，我也许会

参加通灵党；也许会飞入雄鹰的翅膀。

多少次，过期的日子

霉迹斑斑的将我制服，

水池里未清洗的碗碟又沉溺了一夜。

多少次，我用痛苦路过天目山；

用大雪，打扫干净教科书中的虚火。

直到，我在童年一样低矮、潮湿的腐殖土上，

采摘到晕眩、变异，

和对原始肉体最深切的迷恋。

狂飙已在我掌心登陆。

直到——值得。

2011 - 12 - 10

人到中年

戏台上的锣鼓，

能听懂

脚步婉转、细腻的唱腔如何穿过针眼；

其实我明白，

人到中年，一切都在溢出：

亲情、冷暖、名利。

曾经的旅程，犹如几颗病牙，

摇到了外婆桥。

我记得每一个昨夜，

少女的味蕾，奋不顾身的春色；

记得雨水仍发着高烧，

从嫉妒中失去的万有引力，

似一场大雪紧搂江南的水蛇腰。

忧伤所做的事情，足够支付信用卡；

酒火燃起的牢骚，

也一直连绵成无法挽回的群山；

这时，我听见一只响雷夺眶而出，
在杏花村屋顶上碎成星空。

其实，我明白，
人到中年，是一头雄狮在孤独。

2012－2－29 杭州

永兴岛

仲夏升起芭蕉叶拱顶，

我听见细沙在问：永恒什么时候完工？

船长答道：还在波涛上颠簸。

永兴岛，一只龙窑烧制的瓷器水母，

正一张一弛呼吸着南海；

触须，心电图般联通着南沙、西沙、中沙群岛。

那蓝绿变幻的海水，

是由我家乡最昂贵的虫子——春蚕

织造的丝绸。单一的季节

其实铺展着经纬合奏的管弦乐。

历史从不惊讶于猫捉老鼠。

当台风撕裂了礁岩，

缝隙间的软体动物是可食用的玛瑙；

潮汐不停地翻阅咸味日历；

最新鲜的期待，永远是邮局开门时那阵骚乱，

还有拆信刹那：指尖掠过的海啸。

热带的记忆被妈祖保佑：

垂钓的椰子树，鱼饵整天是一朵朵白云；

疲惫的网，神一般的渔夫，

消失在植物深处的房子；

而傍晚，士兵从驱逐舰下来，

他们尚未获得勋章的年轻和古老主权之间

所产生的张力，让燕鸥呢喃。

我似乎只是一个淡水运输员，

我一生的淡水已无比饥渴，

它渴望，被永兴岛的绮丽风光

和一双黑眼珠日月饮用。

2012－7－15

夜航：纪念梁健

那一年，我们乘船夜过长江，

在底舱，我们对饮啤酒；

昏黄的光晕并不比花生米粗大。

两岸漆黑，猿声早已迁徙到泥石流的腹腔内。

江水，像一条虚线般淡远的脉冲，

偶尔保持着快乐的倦怠。

你不时喝下一口黑暗，

而我，也没有从甲板的风向上

畅饮到旗袍叉开的温暖。

事实上，我们从丰都鬼城出发，

到一个双喜临门的地方：重庆。

因果就这样安排着距离。

如果我的前半生活得像阴界的游魂，

那么，在被设计精美的漩涡，

反复沉底又抛起之后，

我遍体的暗礁变成了鳞甲。

后半生，我将放弃统治多年的酒桌，

去获取谦虚、魔术的核能。

枕着鱼背，途经了许多码头：
咸汗刺鼻的烟蒂、劣质的争强好胜……
似乎，只剩下电话断线的嘟嘟声。
星光，抬着悬棺，步步惊心。
我们是两个被漂流瓶认领的汉字，
在波诡云谲里颠簸。
你说，死亡，无非回家。
我想起一大片竹林，野生的光线
在错落呻吟，家乡的少女们都很湿润。

早晨，云端金阁寺的气味
将汽笛催醒。江面上，
漂浮着梦的黑白裸体。
菜市场的时辰。主妇提着篮子，
采购莴苣、生姜和牡蛎，
没有诗集，没有雏菊。
所有的街道都通向火锅店。
那一刻，你层层脱落的面具仿佛在补天。
凭常识，我在庸凡的日子幸存了下来。

2012 - 8 - 4

生命的礼物

我在一份清单上记下：
木棉花充血的歌喉啼破黎明，
东方正冉冉升起；
水上的云在孔雀开屏。

我还记下：
早晨，一片柠檬的酸涩
越过边境，
士兵体会到，深陷跋涉的茫茫雪原
那股寂静的勇气。

我继续记下：
脚步声积累成一枚钥匙，
直接，可以打开空气。

我难以记下的是：
被死神一瞥之后与重获新生之间，
那段祝福与诅咒血泪交加的里程。

一切，都是生命的礼物；

除了，用锁去开门的那种反动。

2012－9－25

南浔

一

铁轨尚未铺展到雨水深处，
大大小小的黎明依靠菜市场
贩卖给每家每户。早安！窗子的书页。
我露珠的手指总避不开那道霞光：
近代史曾把后方大本营设立于此。
当我翻开账本和寿礼簿，突然一阵疑惑，
发现触摸到的是"有容乃大"、"积德"之类信条，
它们与紫檀木桌上的读书声汇成一脉，
在青瓦白墙间流淌。
简约的典雅——这是岁月用来形容质量的
悦耳清音。如果说某个家族因一场酒宴
而延缓了起床，你完全可以相信，
历史在一个梦的侧身里发生了位移。

二

那荷花池，多像一张委任状，

当它进入你的视野，你便获得了授权。

我年少时，生活就是少女，

她梳着发辫，在嬉笑的尾音里钻进钻出，

不正经的形象，一派迷糊；

直到京杭大运河把她从藤萝下带走。

那一天，小莲庄的香樟树听说了

燕京，平日里热闹的净香诗窟也安静下来，

陪她换上丝绸旗袍。难过的

不是一座座石拱桥，是银手镯，

它黯淡了，甚至照不清皮箱底的全家福。

在太湖石垒叠的假山上，几只鸽子

古怪地传播风语；丝业会馆前的雌雄狮子

表情威严，毫不顾忌乡人面子。

茶馆店发布的头条新闻，

居然是刘家的门槛又抬高了一寸。

其实，当一个人离开本土，他就已从乡愁里毕业。

遥远不仅仅是一位近视的导师。

三

文艺片场景：雨中的路灯，无意义的弄堂；

高跟鞋笃笃笃地打着密码，

在失眠的青石板上。我几乎能

破译这抒情电波：潮湿的黑，

把影子拧入更漆黑的哆嗦。

夜半歌声从苔藓里一丝丝冒出来，

姑嫂饼的芝麻香翻阅院墙。

嘉业堂天井里，两口大缸玄虚莫测；

刻字工已想不起女人的味道。

天上的一只金蟾知道，

书是藏在流水里的，

藏书楼只是一曲人鬼情未了的昆剧。

唱戏的小生并不在意台下的观众

是婚姻的保护神还是入侵者，

他唱着，沉浸于江南丝竹的声声慢。

一个光宗耀祖的败家子

和妻妾成群、子孙满堂的福禄寿，

哪一种胜利属于海派南浔。

四

那时，鹤发童颜的吴藕丁对黎明的忠诚，

只有荻港渔村的帆影可比。

公鸡啼鸣之初，几只白鹭飞起，银鱼、白虾

渐渐透明。他的手腕灵巧得像在撒网，

羊毫湖笔落上宣纸仿佛自然在低语。

墨汁，饱经枯淡浓瘦的沧桑。

古意无处不在。雾的清凉

拨开芦苇，一张劳动的脸

红扑扑地显露：那是杂货店教养的采菱女。

他们的时代——远远的都能看到，

一首燃烧过度的田园牧歌。

当然，我并不羡慕别人的传奇，

我的身体喜欢装下一部江南史。

我愿在张静江呼风唤雨之时，

替他去照顾像背上的五朵金花，

可惜她们冲上了街头，做着先驱，

没有把祖上的盐业在菜里做好。

鱼米之乡需要燕子把泥巢

筑在房梁上，吴侬软语在微光间呢喃；

印花布慢慢吸收着田地悠闲的蓝色。

五

黄酒是粮食和水酿造的山坡，

最温婉的风景在那里摇曳

我爱过的女孩。对她们曾快乐过的愚蠢，

我一无所知，我甚至不想触摸被风铃

追逐过的紫色、白色的小野花。

记得一场雷雨，酷暑瞬间消逝；

船娘停下木桨，眼神里的电流

突然中断，真空的纯净让世界毫无悬念。

屋檐下的水仙淡淡地开着，

邻家的事情悄悄地做着，

附体在蜻蜓身上的直升机超低空侦察

被寂静拍打的潮音寺。

青翠竹荫包裹的信仰，用月亮的

盈亏，称量每一个香客。

没有遗憾，允许几分惆怅。

北斗星的长柄指向隐蔽的枯荣。

风忘了把一场邂逅带到桂花树下，同时，

也忘了含山笔塔汹涌着的飞天云烟。

六

可以联通全人类的电脑，永远无法取代

身体的移动。我的文昌阁

是临河一间简朴的明代老屋，

它毁了又建，反反复复，古气仍暗自绵延。

推开窗子，镶嵌在木框内的秋天

是混搭时尚：地板厂庞大的车队

在运输稻穗上沉甸甸的暮色；

银行撰写的导游词，满足了
市场，可丢失了梦幻部分。
无需用一曲评弹，去修复青瓷碎片；
也不必把唯一的选票，投给茫茫虚空。
在历经千山万水和十万人家
之后，玉一般圆润、性感，
新柳般单纯的初恋，
会接纳这片风景：风暴眼里的
那一抹淡蓝，干净的心跳。

2013－5 致温永东

海之门的使者

秋风起的时候，我相信，
你已吻过
这片蓝色土壤。

多少岁月，多少船只，
撒下天罗地网，
也没有把海洋拖到岸上。

我试着问问，
那不断开阔、无穷的明天，
会如何种植我俗世的生活？

我信仰海鲜，
一生效劳亲人们，
只使用过万分之一的爱情。

静静地降临，
孤独成雕像，

犹如海之门的使者：

从天眼里汲取眺望，
学习永恒，
哪怕只学到一滴感动的光。

2013 – 9 – 2

嘉峪关

一

多么远啊，只有单程票才到达过的
那种远！
黑夜成群结队相互取暖的颤栗之远！

每一刻，沙土的锈味、香味，
都异常坚定。

闪烁不定的是烽火台上的狼烟，
是一匹枣红马驮着海市蜃楼，
是葡萄酒在流放途中醒了。

二

设立在苍茫中的一个开关，
我只想打开它的怀柔部分：
飞天女神和日光乐队，
以及，暴风雪升起的白幡。

被牧羊鞭抽打，

被戈壁深度虚无过的——寂静，

被祁连山浮雕过的，

被兵士的怀乡病折磨过的——大寂静，

发生了变化。

侍者戴着婚戒，送来

问候；一片乌云

是龙送来了雨水的菜单。

三

黄昏，敞开着花岗岩，

把晚霞熔炼的钢水，

浇注到男性的骨髓里。

龙门客栈的老板娘

站在门口，目送着烟尘和鹰一同细微。

她是帝国梦——最后一把肉斧，

她砍凿驼铃深处的冰川；
她与痛苦抱头大哭，眼泪
像箭簇；

就这样，一个朝代向敌人射出了
它的伟大。

2013 - 12 - 6 杭州

雪的告别词

一

雪，一场如此盛大的告别
悄无声息。
人们知道它要走了，水的眼眶有点湿润。

它走了！只有少数几位知道，
没有一个人能继承它的遗产：
它纯白的派头，
它自在、高贵的东方式亲和力。

有时，它给窗玻璃提供一张天意草图；
有时，它衬托银杏叶金黄的熟；
有时，火车启动它祥瑞的风景。

悄无声息。雪和它体内的那条火龙
消隐于无形。江南随之渗透孤寂。

二

运送沙石的船掠过建筑物，
犹如抽离自身的一部分。
光线，从土里，
把城市一点点拔出来。

这是黎明炫目的时刻，
雪告别的时刻。
吸收了一夜漆黑的树木，
渐渐松弛开鸟雀的羽毛。

（最勇敢的，莫过于哼哼唧唧的猪，
正勤奋地要把地球拱回栅栏。）

这时，从街道那头飞奔过来
一条彩霞印染的纱巾。
哦，一抹最优秀的温暖，
女神般挽起雪的手臂，离开冬天。

2013－12－19 杭州

龙潭湖

一

许多个夏天，蝉声一直在挖土，
到柑橘熟了那晚，北斗七星将最后一勺铲走，
然后，月光把湖倾泻了下来。

现在，我可以给湖水打个电话，
谈谈四面山葱郁的松林，
与《山海经》之间的血缘关系。

我想知道有没有一支双管猎枪，
昼夜在这片丹霞地貌里搜寻，
亚热带爱情的罕见基因。

二

书记亲自办理了龙的户口，
它的身份一半在天上，一半隐现于雾中。
方圆内瀑布所需的电能由龙珠供给。

一眼望去，是看得见的宁静；
无需看清的是风景，
它太多了，多得像手链之类小商品：

那踮着脚尖的云在盼望谁？
那灌木丛为何把空气修剪得杂乱无章？
那麋鹿的角枝因怎样的惊恐而熔化？

三

我与龙约好了在年轻一代里见面，
幸运的话，会展开一张蓝图。
野外的汗味，足够给网络上几堂劳动课。

我穿着白衬衫，衣领
沉浸在晨曦里，
当翠鸟擦亮正在刚柔上颠簸的快艇；

当桃花、梨花翻飞成格言；
我的爱人端上水晶日子，
满满的，但没溢出来。

2014－3－4 杭州

上海女子

一

她从弄堂里出来，浑身上下
一股早晨清爽的傲气。
那张被镜子修饰过的脸略显客观。
她熟悉俗世的琐碎，了解生活的各种颜色。
她可以从未在十八岁逗留过，
也可以做永久牌邻家少女，
或者，时髦在叛逆中。
但是，不！
她只想从繁花里脱颖成自己这一朵。

二

她喜欢思南路公馆那一小块现实，
那里的咖啡，没有居委会的味道。
她抬头，视线像窗台上的金钱菊，
停靠在某个灵魂肩头。
她认为黄浦江放低身段去逢迎欲望

是不可原谅的，比不上昆曲

那水磨调的江南风流。

可她又觉得，空空荡荡的时代需要热热闹闹的

无聊去填充，比如，用高级去富养美。

三

任何一位老裁缝，都能给她的婚姻，

剪出合适、得体的款式：

要么在拥挤的空间继续细节、格调下去，

要么让牛鬼蛇神把她的命运带走。

她习惯了攀比，具体到睫毛的长度；

习惯了不带情感的寒暄。

在悬铃木落叶时，她会着迷

饭局上的一个金融故事，尾声

依然是爵士乐背景：主人在倾听。

2014－1 给竹君

古　马

青海的草

二月呵，马蹄轻些再轻些
别让积雪下的白骨误作千里之外的捣衣声

和岩石蹲在一起
三月的风也学会沉默

而四月的马背上
一朵爱唱歌的云散开青草的发辫

青青的阳光漂洗着灵魂的旧衣裳
蝴蝶干净又新鲜

蝴蝶蝴蝶
青海柔嫩的草尖上晾着地狱晒着天堂

寄自丝绸之路某个古代驿站的八封私信

一

我用一支鹰翎给远方写信
草已枯　雪已尽
戴着鹰的王冠
春天已经骑马上路

而你，能够一眼认出
大路上的春天
是你小路上的爱人吗

二

扯开你丝绸的衬衫
曾为我包扎灵魂的伤口
驿站的小女儿
我裹着野花远行
我的身躯？你的身躯？
水和岩石，叫做火焰

三

叫声最亮的蟋蟀

秋天的玉

镶在我的帽子上

四

蜂巢

这春天的鞍囊里装着

虎皮书、剑以及一点点贿赂死亡的甜食

策马仗剑

死亡啊，请让我从你眼皮下经过

我要完成他人的嘱托

把蜇痛的情书送抵你下面一站

五

翻捡旧信

我寻找一个省略号

我是不开花的肉体

得到花的浇灌

六

月光

像一条禁律或是

一枝印度郁金香

躺在私人日记上

风，不许乱翻

七

太阳下的蚂蚁

是黑暗的碎屑

它们聚集着

仿佛有一双看不见的手

正在努力修复一封

被扯碎的家信

八

路上坑多　天上星多

夜晚飞翔的鹰的灵魂

在寻找新的寓所，并且

通过风的手

把黑暗的花

安插进我疼痛的

骨头缝里

今夜呵，我是生和死的旅馆

像世界一样，辽阔无垠

蒙古马

埋进土里的落日
茂盛的青草是谁从地底下返射出的光线

青草中的野花哪一片是渗透出时间表面的人的鲜血
（具有落日的味道）

蒙古草原
一匹垂首于苍茫的蒙古马
被风吹动的鬃毛
像成吉思汗的头发

昼·夜

昼和夜的藏袍

空出一只袖筒

空出天空、大地

给飞鸟、山脉、河流

以及一尊小小的泥佛空出

沉思默想的位置

秘密的时辰

当一只羊死去时
它会看见：
流星
把一粒青稞
埋在来年春天的山岗

罗布林卡的落叶

罗布林卡只有一个僧人：秋风
罗布林卡只我一个俗人：秋风

用落叶交谈
一只觅食的灰鼠
像突然的楔子打进谈话之间
寂静，没有空隙

倒淌河小镇

青稞换盐
银子换雪

走马换砖茶
刀子换手

血换亲
兄弟换命

石头换经
风换吼

鹰换马镫
身子换轻

大地返青
羊换的草呀

四行诗

1. 银手镯

羊的圈草去修
草的家水来当
水的胳膊佩月亮
花的鞋东风不脱西风脱

2. 马灯

坐在暴风雪中心给你写诗
最后十行
冻僵的十指围拢着马灯
是肋骨，也是圈不住火的马厩

3. 草籽

把一句话埋在地下
埋在青铜之前或公元之后历史的空阔处

一匹追根问底的瘦马
刨沙刨雪的前蹄此刻是略有点忧郁和迟疑的夕阳么

大雨

森林藏好野兽
木头藏好火
粮食藏好力气
门藏好我
闪电
为啥藏不好美丽而痛苦的脸

大雨半夜敲门
大雨要我泼出灯光
给你腾个藏身的地方

我捡到一枚汉代五铢钱

瀚海的月亮

真的太寂寞了

换一只黄泥埙吹给她听呢

还是买上半碗浊酒挡寒

一枚小钱

那锈在上面的戍卒的指纹

汉代掂量到现代

轻　　把我掂量到重

记忆

水泥地上
一只死去的鸟
太阳的翅膀上沾着污黑的血
——这是什么时候的错误?

我左手一把修剪日期的花剪
右手像一个失手获罪的孩子不停地发抖

鹞子

七月在野
葵花黄

鹞子翻身
天空空

雀斑上脸
井水清

抱着石头
青苔亲

铁丝箍桶
腰扭伤

鹞子眼尖
花淌汗

鹞子冲天

天下嘛，白日梦里一个小小的村庄

忘记

谁来为我们计算我们决定忘记得付出的代价?

——塞菲里斯:《大海向西》

有一粒盐,不再去想和一条鱼结伴游走的海洋
有一滴露水、一声鸟鸣、一缕阳光
真的可以淡忘与一个人或者一个世界相关的一切了
是的,一颗星正在教我忘记
教我如何独自摆脱全部的黑暗

但所有"一"让我忘记的并不都等于零
瞧,我描画的一棵洋葱
它能够说出你栽种在地球以外的水仙的品性

黄昏谣

小布谷，小布谷
水银泻进了麦地

和村庄隔河相望的坟墓
炊烟温暖而河水忧伤
离过去很近离我不远
黄昏，黄昏是
被白天砍掉了旁枝的
白杨
头戴一颗明星
站在乡间的土路上

水银泻进了麦地
小布谷，小布谷
收起你的声音
　　　　　最后的红布

请死去的人用磷点灯

让活着的
用血熬油

紧抱一枚松果

一只松鼠抱着自己的命
蹲坐在积雪的松枝上

耳朵比松针还尖
它突然窜向高枝
莫非听见了若隐若现的人语

惊魂未定
雪粉簌簌落下

眨动着黑眼睛
就像个奇迹
它依然怀抱一枚褐色果实

此刻，它只专心享受
如果不可避免
磕到了三两粒发霉的籽实
当然，生活也将教会它"呸""呸""呸"

西凉月光小曲

月光如我
到你床沿

月光怀玉
碰见你手腕

月光拾起木梳
半截在你手里

另外半截
插在风前

一把锈蚀的刀
插在焉支以南

大雪铺路
向西有牛羊的尸骨

借光回家

取盐在你舌尖

夜雨

——纪念 1997 年 3 月 8 日去世的祖母

荆棘是冰凉的
头戴紫荆冠的亡魂
带来野径上的黑云
和隔年的蘑菇

三十七口井的村庄
一座白杨树环绕的庭院里
西红柿和茄子在暗中
竞相生长

堂屋的灯光
夜里深坐的亲人们
还在说着远行的人吗

回来了
终于回来了
那怯生生的亡魂

悄悄推开院门的手
突然被一道闪电
镀上耀眼的白银

生不带来死不带去
回到人间的
只是一场情义
润物细无声的雨水
汇合那倾泻的灯光
慢慢地流吧

从不同方向流进
这庭院里熟悉的菜地

生羊皮之歌

白云自白
白如阏氏

老鸹自噪
噪裂山谷

雪水北去
大雁南渡

秋风过膝
黄草齐眉

离离匈奴
如歌如诉

拜月祭日
射狐猎兔

拔刃一尺
其心可诛

长城逶迤
大好苜蓿

青稞炒熟
生剥羊皮

披而为衣
睡则当铺

羊皮作书
汉人如字

失眠

没有人，没有人在厚重的墙壁上
用手指画一扇窗，很小很小的
一扇窗

一只发红的灯泡
在我脑袋中
像烫人的眼睛整夜盯着我

但我摸不到开关
那个离开我的人
甚至带走了我所渴望的一点儿黑暗

西凉谣辞

一

二月炒黄豆
三月走耕牛

犁铧尖尖的银子
祖父的银胡梳
埋进土里

去相远，来相近
梨花临风——

有那么白
有那么嫩

水流来的祁连雪
哎呀，我心发慌

二

大河驿，流水冲出头盖骨

磷火过沙碛，旧鬼串亲戚

新鬼殷勤，头上顶着沙葱

三

铜裹铁，木槽破

饮马将军秋风客

秋风过后

一只刚刚产下的羔儿

在母黄羊的舔舐下站起，跌倒

……旋又摇摇晃晃地站立于漠野

四

剪断脐带

即涂麝香于婴儿肚脐

不拉肚子

从春到夏

布谷在叫

长高，长高

五

石屠夫，吕屠夫

夜里梦见血脖子

雪地飞过红鸽子

樱桃枝叼在嘴里

六

落雪落雪

求偶于野

雄鸽转圈

冷风如割

雌鸽咕咕

关河明灭

前凉抱灰

后凉跟随

穿他北凉牛皮鞋

犁我南山雪

——天下无事

七

蜘蛛盘丝

英雄鬼没神出

红灯照墨

胡人眼圈发黑

黑羯羊皮

覆盖汉家软玉

八

马蹄莲下郊原血

拾一块铁，吃一服药

九

夜半鬼捣地

无他，无他

屋后萧萧白杨
鸱枭哭

十

野鼠窥星宿

莫睡，莫睡

银簪子挑灯人等人

十一

门楣涂抹鸡血
墓地落下白雪

用鸡头祭祀的人
命里将开九把锁

十二

头枕鞋底，鬼不至

十三

二月乏羊

四月送先人衣裳

三月布谷头顶过

五月烧青稞

六月开镰

七月泡荏

大水灌进地洞

跳兔逃入手心

有意外收获

八月胡麻黄

九月水白淌

十月送大雁

牧猪倌盘炕要做新郎

十一月修缮农具

十二月数麻钱

一月喝白糖或红糖

无论何时生育
要将胎盘装入瓷坛
镇以青石
然后用红布封住坛口
埋入果树底下

周而复始

身体

> 吾所以有大患者，为吾有
> 身，及吾无身，吾有何患
>
> ——老子

一个人
到底能承受多少忧伤

我的身体内
炎热和寒冷相互拥挤
我被挤出自己
在白发上寻找晨曦的小路

雪山肃立
河汉无声
所谓陡峭所谓高远
都与我无关

更多时候

我像一条受伤的狗低嚎着
不得不退缩到嘈杂混乱的内心

卑琐、不堪耐烦
是我必须的生活

一位老人的话

春天里瓜果蔬菜啥也没有下来呵

夏天炎热，啥都会迅速腐烂掉

我也不想死在秋天

秋天的羊肉多么肥美呀

冬天，我心疼得放不下我的孩子们

天寒地冻的，披麻戴孝爬起跪倒可怜的很呐

云雀与虎

我不知天高地厚厚爱我几何
但知云雀飞鸣在云间

飞鸣的
水滴和血珠
溅自闪电之鞭

湿漉漉的鞭痕
抽裹在虎皮
黄昏的断崖之上
那只老虎
（咽下一串焦躁的闷雷）
替我望风替我负疼

替我
飞身一跃
要跳跃云雀
翅膀间的深渊

黑黝黝的断崖

半壁雪月

新如虎的爪印

散发着腥臊的味儿

寺

一

颤动的露珠
落叶上
阿难与迦叶对谈

声音
夜空看不见的霜
性苦，味甘

甘苦对虫鸣不置可否
落叶上的虫眼
大于秋天或等于星星

二

灯火
端坐于
阴影的蒲团之上

僧庐中

一只悬丝的蜘蛛

我，从我头顶急速跑过

灯枯

月斜

五更钟，催着三更

三

午后阳光

一只蝴蝶

停在静止的钟杵上

蝶翅上的斑点

每一口深井中

都有一尊清凉佛

苍松影子

是寺里驼背的杂役

放下扫帚，自言自语

天堂寺

那些爱上石头的
和爱上马兰的蝴蝶
梦的翅膀　一样轻盈

可是你我
多么不同

我供奉一盏灯　在佛面前
需要缓慢的时间和一生的耐心
从黎明到黄昏
我点燃水的捻子

你吐气若兰
你说：闪电是空中银楼
所有怕黑的蝴蝶都住其中

你的话来自天上
仿佛幽谷中的灯火

这灯火

为何不由我燃起? 为何我的嘴唇

变成悲欣交集的石头

赤壁

清风周郎衣袖
水月苏子额头

立于田间
一只白鹭
是我传神小照
背景：
一株春天的白玉兰
水的花瓣上
没有火的阴谋
也没有月光的字迹

空明
净了
我有三分钟自在

清风自在
水月自在

三分钟后

白鹭飞走

白鹭带我一起飞走

姑臧梦

姑臧梦中：梨花清唱白雪

你就是匈奴的白雪儿

你就是儿时让我眼热的伙伴

白雪儿，醉胭脂

胭脂醉，梨花飞

飞、飞、飞，清水河畔鹅斗嘴

但我想引你去寻冻在铁衣侠客马蹄窝里的星子

它们一直是那样地遥远、那样地孤单

在某个夜晚，它们和丧偶的草原狼的凄厉的叫声

被牢牢冻结在一起

我是那么地想，引着你寻去呵……

旅夜

小簟轻衾各自寒

——朱彝尊

孔雀的叫声淘空了大雁塔

淘空了四月的牡丹

花若虚　花影若虚　人若虚

剩有乱麻似的黑暗了　在我心里

就只剩我一个人抱膝团坐

我无眠　秦朝数万甲士岂能休眠

沉沉原野下　他们个个虎目圆睁

替始皇帝守卫着阿房宫外的银粉碟和绿汗巾

孔雀孤单地叫着　在客馆带喷泉的花园里

即使孔雀暗自开屏　七十二只黑蓝的眼睛

又能看穿什么

夜雨潇潇

孔雀孤单悠远的叫声淘空了每一滴春雨

每一滴斜飞的雨中啊都有她在笑颜添灯

劈柴垛

在若尔盖山地深处

随处可见的劈柴垛

敦厚、踏实、沉稳

它们是有记忆的

它们记着大红羽冠的野雉在林间啄食时

回眸对伙伴发出的深情的呼唤

松针上的露珠

是蓝色宫殿的原形

溪流是所有树木美丽树纹的回声

它们记着山果自落

鹰抖落在岩石上的羽毛

与一个山民的老死有关

山洪夺取黑夜的隘口

紫电劈碎崖岸上一烛巨树

山野的阵痛和躁动

却在它们身上无迹可求

时光漫长
那些不动声色的劈柴垛
深陷于静谧的记忆之中——

它们对于美是绝对虔诚的
它们的虔诚经过风雷斧钺的洗礼
最终，要受洗于乡间的烟火

寒禽戏

黎明，在黄河幽暗的水边
三五溯流，一二击水，或数不清的一群——
黑的白的黄的还有绿头的——这些毛色相同或相杂的水禽
以石头内部的微火——相呼着，并自由扩展着记忆的波纹
它们共同拥有北方的空虚、辽阔以及流水的静谧深远

泛泛到冰凌与青石低语之处寻找着小鱼小虾而忘记了浸泡得绯
　　红的脚蹼
它们侧目而思也绝无可能顾及到一个起早贪黑的赶路者内心偶
　　然的怜爱
它们拥有一两颗小星即将沉落时颤抖的寒光和超越尘世的生活
而我，除了无限惆怅，只拥有它们边缘的没有方向的风儿

玛曲谣

雄牛渡河
舔唇卷舌

喇嘛小哥哥
你去问艾玛花
蝴蝶带给她天路
牛蹄踩灭的是什么

  ——牛蹄踩灭的晨星
   请攥紧你心里的盐巴

喇嘛小哥哥
你去问水中云
玛曲养护的鱼子
牛角吹散的是什么

  ——牛角吹散的男女
   贝叶经联缀成无垠的草原

喇嘛小哥哥

你去问拐弯的玛曲

泪水汇进雪水

牛尾为什么摇个不停

  ——我什么都没听见

  大风吹过山冈，天空为你摸顶

倾诉

当我盯着你娓娓倾诉时
你或许不知道有另外一个人
躲在你眼睛深处　躲在生活的别处
耐心倾听着我炽热的情感

我爱你　我把酒喝成了水
但那个人即使躲藏在乌有的城市
也知道有一团冷静的旧火保守在我内心

所以你听到的是诗的语言
化作她心痛的是
星辰在我怀抱里熄灭的过程中沉默的消耗
在这不可容纳的二者之间
我是一场地震造成的可怕的裂缝

扎尕那^①草图

一

高高的晾杆上要晾晒青稞
我们去种青稞吧
高高的晾杆上要晾晒青草
我们去割青草吧

打下的青稞除了今年够吃
还能酿几大桶酒就好了
晒干的青草除了应付冬天
还能解除牛羊的春乏就够了

高高的晾杆上
晾晒着太阳的光线

二

那雪线
引来穿针

那云朵缝在藏袍的下摆

那人呢
那一阵吹绿山坡的风
那风呢

那雪线附近啃食的白马
来吃掉我内心的夜草吧

三

鹰在天边逡巡
死去很久的人
透过鹰眼
俯瞰

水磨转经的村庄

弯腰挤奶的人
弯腰劈柴的人
弯腰打酥油的人
火的腰带
都是献给大地的哈达

四

神以人为道路

那深深切入藏人五官的皱纹
就是神迹
就是霜

五

一只小猪走出村子
三只小猪嘴拱草地

黑黑的小猪
月亮的蕨麻果
埋在草根深处

就在深处
就在深处

小猪尾巴
已经变绿

六

黄金的戒指镶嵌着红玛瑙

卓玛，快把它扔进水中

你要沉沦

就带着落日为我沉沦

新月出峡谷

鸽子的翅膀

从你经历中浮现

七

灌木丛中隐藏着三角形的昆虫

刺棵挂住的白云

一定是心上人的手绢

八

下雨吧

一夜的雨

天明停住

黑色的　湿漉漉的圆木上

长出小白菇

你挨着我　我挨着你

我们坐在一起

像空气一样新鲜

不说话

九

"死亡是无的神殿"

记忆是爱的居所

松树

渗出透明的松香

是因为

你早已来到我记忆当中

我纵容你

让你梦想着

我身体以外的世界

① 扎尕那：藏语意为"石头箱子"，地处甘南藏族自治州迭部县境内。

"死亡是无的神殿"——海德格尔语

旁白

什么时候我们才能相见啊

闪电对河流说：
我说出的全部的黑暗才是木兰的躯干
他要雕成独木舟——渡河而去

来世

一只蚂蚁
它通体的黑
或许由一个人前世全部的荒唐和罪孽造成
它不会知晓
也不会用文字记录情感

纯粹
自在

它有性欲
只它身体一般大小罢了
不似被一代又一代的情种挖成寒窑的月亮
会引发冲垮海岸的潮汐

它黑得无足轻重
取消了暴力
甚至
你惋惜的余烬

在日落中

它所看到的

不会是痛苦的黄金

像摆脱一个句号

它在我的诗中稍作迟疑后

触角

探向未知的境地和它本身的命运

山隅

——给画家奥登

溪水潺潺
天空的蓝和云朵的白
你打开所有的卷心菜也再难找到

鸡儿觅食的草滩上
一片金露梅兀自盛开
那么地热烈，如同黄昏炉灶中的柴火

在此山隅
谁能配享卓玛的茶炊
谁配享天籁之音和黄铜般静谧的日子

山腰缓行的牛角
恰似月牙儿光色动人的幻影出没于雾霭
可惜，我不是在溪水边对景写生的画家
——已经陶醉，已经忘乎所以
亦不是那牧人，正驱犊返家

一朵乌云带来一阵急雨
我，只是挂在牧场围栏的
铁丝上的一排排雨珠

冬旅

——写给延俐

年关近了
黄昏里次第亮起大红的灯笼

红光映雪，木栅低矮
炊烟熏醉山头的星星
醉了的，还有那明天将要合卺的新人
他们将要交换瓢中清水，庄重饮下
看见自己喜悦的泪花，出自对方眼中

大红灯笼的村庄，鸡叫前升起太阳的村庄
周围深山老林中
积雪压折松枝的声音一定令松鼠吃惊
人类的觊觎
一定令那沉睡千年的老参平添了几道皱纹

二十年前过此地
二十年后经此山

火车长长的嘶鸣提醒，那村庄并非我们的
村庄，那早已是山海关外白雪茫茫美梦一场

故宫鸦影

一

鸦声粗哑
金殿琉瓦上
一块飞起又落下的阴影
落日的手印
摁在你心上

游人
地砖缝里的草芥
东张西望
心思遭乌鸦掏空
如地铁从前门风驰电掣驶过，只剩下
地下隧道倒抽一口凉气后的空虚与恓惶

殿前铜龟
尾巴很短
出宫的路依旧很漫长

二

落日
提着一只赏赐的烤鸭
像伛偻着腰的太监
出宫去了

乌鸦仍旧盘踞在
人的神经编织的巨大蛛网中
饕食嘈杂的灯火

三

那些在宫中栖息的乌鸦
一把把旧锁

打开它们
打开一口深井里的妆奁盒
清点月光的珍珠

于是摸钥匙
从腰里，火里
从冰中，血中

头发花白了

花老瓦飘零
醉梦中
他只摸到青松上的雪
砒霜的表妹

四

乌鸦藏在人心里
所以玉兔仍在月宫捣药

青铜光，珊瑚裂
乌鸦受惊，藏来藏去
以人盗汗为琼浆玉液

五

乌鸦是红色宫墙内
一架黑漆屏风

有人在后面
养花
养心

养指甲

海棠红的指甲
不知一座纪念碑的影子
像呼啸的火车
穿过夜半的中国

钟鼓楼

燕子低飞

檐马丁当

雨来之前

青灰色的钟鼓楼

矗立在河西走廊的长云之下

像是红旗小学的语文老师

老师老师您贵姓

云间藏有您撞钟的槌儿么

燕子低飞，我们也飞

在 1978 年的钟鼓楼下飞来飞去

那时，钟鼓还在沉寂

那时，钟鼓将要大作，有如电闪雷鸣

1976 年春节的雪

石头眼镜里的蓝雪
时代的白糖
总是和稀罕的猪油掺在一起

一根带鱼的刺
扎在春风的声带上

啊啊啊啊
桃花不开也就开了

韩佐寨的月光

月光是梅花的低保金
吃定了
吃美了

月光
盖在我姨妈脸上
她也吃上了
吃定了

她半身不遂三年
当得知伺候她的丈夫身患绝症
她吃过一碗梦想的清汤羊肉
拉着老伴的手，愧疚地说：
"我把你拖累了，从今以后
我汤点冷水都不吃了"
就这样，她坚持了九天九夜
自绝于风雨相扶六十年的爱人
自绝于她拉过的犁铧补过的簸箕

死后安详
月光
一张黄表纸
盖在脸上

她终年七十一岁
自兹与梅花一般
享受到月光的清福
她闭上眼睛躺进土里
或许又听见了那久违的童谣：
"寨寨寨，韩佐寨，裤子烂掉肉出来"

她瘦零干的老爱人
还在忍受胃癌的折磨
还在渴望着一份农村的低保金呐

墓前

我把一枝花搁你墓前
鸟雀暂去别处说话

我把三杯酒洒在风中
土地愈发沉默

我把响头叩在地上
落日领着你身后青山
走下地平线去

走回家去

江南小景

在糯米纸一样甜的雾里
荷花，浑然忘记了
藕断丝连的成语
荷花，怎么会有暗伤呀

一只提腿收胸的白鹭
立在漠漠水田中央
美如雨天的瞌睡

它快梦见了
梦见，我和你坐在自家屋檐下
看着那些菠菜
那些芫荽
淋着细雨生长
收尽了天地的青翠

我们坐着，看着
看到老，也没说一句话

天堂小镇

雨后小溪挟裹着高山积雪和阳光的气息
亲爱的，我们且不忙随它去园子里摘菜
不用忙着洗掉菜根上的泥土

寺钟传送的金粉
是蝴蝶的晚餐
我们且去田野看看吧
看有多少蝴蝶　化身为明丽的彩虹了

虹桥这一头是甘肃
那一头是青海
无分地界的佛，是小镇最年长的居民
今夜他的左邻是你我
右舍是一轮白亮的月

今日

十月蟋蟀入我床下
吞下霜天里的不平
咽下它声音里细小的刺

哑默是我们最安全的睡袋

暗自闪光的流水
星子的枕头

梦里梦外
犬吠
剥落暖瓶瓶胆上的水银

蝙蝠飞

蝙蝠飞飞，钟馗跟随

蝙蝠眼里，有三个小鬼，一个东躲，一个西藏，一个耍去钻到
　　枣树腋下耍碗

枣儿半青，绿风恼人，扬一把土，他忙跑，我快溜

醋熘白菜，溜溜的清香，溜出谁家的屋檐了

黄昏昏黄，讨吃鬼躲闪。钟馗红着夕阳的脸，站在一条深巷的
　　巷口

铁梅

铁工厂，叮当当。白铁皮烟筒挂冰糖

清水沾木梳，她不关心钢铁是怎样炼成的，也不关心
镜子背面南京长江大桥美如祖国的朝霞。清水沾木梳
铁锤铁蛋还贪睡

铁锤铁蛋慢些长
铁锤穿短的裤子接长了铁蛋接着穿
清水沾木梳，雪花膏没钱买

铁梅是你们的，不用花露水的姐姐，也是我的
比遥远更远的一个梦，一个边疆的真实而普通的清晨

大理的一个下午

—— 赠潘洗尘

一家临街的木器店里
一个手艺人埋头雕刻着
缓慢，耐心
仿佛二胡的弓要从琴弦上捞起泉水中的月
捞起桂花花瓣上的纹路，细如谁的发丝，在乌有的月宫中

一个鼻梁上架着玳瑁眼镜的手艺人
如此耐心，如此缓慢，偶尔迟疑着
试图要把硬木深处遇见的一个疤痕改造成花的眉眼
或是一只飞翔的蝙蝠，带着雕花的木门，在边陲古镇安家落户

哦，就在他片刻的迟疑里
我认出了自己，一个隐姓埋名的诗人
在古老而又漫长的时光里，静静守候着
每一个劈柴架火茶炊熏醉落日的温情无比的黄昏

格尔木，格尔木

——送星阅赴格尔木以西野营驻训

灯火的城

灯火不会厌倦

灯火高于星辰

星辰散落四野

四野蔚蓝

云豹茫然不悟身在何方

美玉身在何方

谁似闪电

追寻昆仑隐秘的矿脉

追寻

通往瑶池的道路

大雪铺盐

半途中的白鸟

心旌摇荡

前方是瑶池的春天

后面是格尔木泪花晶莹的灯火

祝愿的灯火

祝愿多么温暖

祝愿有人

随闪电行动

一起行动，一般敏捷

祝愿一个头戴羚角的神仙

在星辰集合的野外散步

意外遭遇车灯照射

祝愿他在

雪白的光柱里

惊愕　　不知行动

他目光清澈

让人类发现自己心中的杂质

只用三秒钟时间

西凉雪

十二月二十四日入故乡，是终身住所吗？哦，雪五尺

　　　　　　　　　　　　　　　　——小林一茶

一

罗什寺里的甘泉井

古佛这般充盈

雪眉积攒从古至今的新气

二

抄经扫雪

扫雪抄经

焙熟的青萝卜片熬酥油茶别有滋味呀

三

百衲衣

披坐披行过一生

廊前看雪。食指上的雪花眼见就化了

四

风铃悬挂飞檐

舌头埋葬雪下

对天说甚对地说甚

五

有一个人从我心里走了

没有她没有雪

小麻雀你来在这净地落脚说说话儿

六

从早到晚的雪下到远山去了

从一盏青灯倾听梅花绽开的声音

不如从我骨头缝里听到的真切

七

冻梨穿冰甲

市井晨炊的热气

鲜于羊奶

后记：十二月十九日回故乡。二十日大雪。二十一日清晨入鸠摩罗什寺散步，雪日空气清冽，不闻人语，鸟亦卷舌入喉，我自宁静喜悦，若有所思。回归兰州，得闲时分行追记。

图书在版编目（CIP）数据

五人诗选：雷平阳·陈先发·李少君·潘维·古马/李少君等著.
—上海：华东师范大学出版社，2017.2
　ISBN 978-7-5675-5800-7

Ⅰ.①五…　Ⅱ.①李…　Ⅲ.①诗集—中国—当代　Ⅳ.①I227

中国版本图书馆 CIP 数据核字（2016）第 255844 号

华东师范大学出版社六点分社
企划人 倪为国

五人诗选：雷平阳·陈先发·李少君·潘维·古马

著　　者　李少君等著
责任编辑　古　冈
封面设计　何　旸

出版发行　华东师范大学出版社
社　　址　上海市中山北路 3663 号　邮编　200062
网　　址　www.ecnupress.com.cn
电　　话　021-60821666　行政传真　021-62572105
客服电话　021-62865537　门市（邮购）电话　021-62869887
地　　址　上海市中山北路 3663 号华东师范大学校内先锋路口
网　　店　http://hdsdcbs.tmall.com

印 刷 者　上海盛隆印务有限公司
开　　本　787×1092　1/32
插　　页　4
印　　张　15.25
字　　数　273 千字
版　　次　2017 年 2 月第 1 版
印　　次　2017 年 2 月第 1 次
书　　号　ISBN 978-7-5675-5800-7/I·1599
定　　价　78.00 元

出 版 人　王　焰